NOS JOURS HEUREUX

Madeleine Chapsal mène, depuis toujours, une double carrière de journaliste et d'écrivain. Elle a fait partie de l'équipe fondatrice de *L'Express*.

En ce qui concerne sa carrière littéraire, elle a notamment publié : Aux éditions Grasset : *Une femme en exil, Un homme infidèle, Envoyez la petite musique..., La Maison de jade.* Aux éditions Fayard : *Adieu l'amour, La Chair de la robe, Une saison de feuilles, Le Retour du bonheur, Si aimée, si seule, On attend les enfants, Mère et filles, L'Inventaire, La Jalousie, Suzanne et la Province, La Femme abandonnée, Oser écrire, Ce que m'a appris Françoise Dolto, Une femme heureuse, Une soudaine solitude, Le Foulard bleu, Les amis sont de passage, Paroles d'amoureuse, La Femme en moi, L'Embellisseur, Jeu de femme, Divine passion, La Maison, Dans la tempête, Les Chiffons de rêve* et *L'amour n'a pas de saison.* Aux éditions Fixot : *L'Inondation.* Aux éditions Stock : *Reviens, Simone, Un bouquet de violettes, Meurtre en thalasso* et *Ils l'ont tuée.*

Un film a été tiré de *La Maison de jade* et des téléfilms de *Une saison de feuilles* et de *L'Inventaire.*

Madeleine Chapsal est membre du jury Femina depuis 1981.

UNE SOUDAINE SOLITUDE
MADELEINE CHAPSAL

Nos jours heureux

ROMAN

FAYARD

A l'homme que j'ai perdu de vue.

« *Heureux comme avec une femme.* »
Arthur Rimbaud.

« *Tu me manques même quand je dors.* »
Ronald Reagan à Nancy.

Encore une journée de plein soleil !

Camille reçoit ce grand beau temps comme un cadeau, une grâce que consent quelqu'un de haut placé à ce petit bout d'humanité, dont elle fait partie, en vacances de juillet sur la côte atlantique. Dans le Midi, où elle a vécu autrefois, le soleil est considéré comme un dû et peut briller trois semaines de suite sans qu'on y prête attention. On se contente de reconnaître sa perpétuité, le matin, en s'en plaignant presque : « Ah, ce soleil. A peine levé, il vous brûle déjà... »

Alors qu'ici, à Ré, on s'enthousiasme et se passe la nouvelle : « Tu as vu, il fait beau ! » Et de former en chœur des projets pour la journée afin d'en profiter le plus possible : plage, nage, vélo, petits verres pris sur les terrasses, dans les jardins, avant le retour des nuages, de la fraîcheur, de la pluie qui obligera à changer de programme... En revanche, sur la côte dite d'Azur, on fait tous les jours les mêmes choses : bronzette, apéritif, parties de boules, danse à la belle étoile sur des planches montées à même le sable. On y fait aussi l'amour.

Camille ne peut s'empêcher de comparer les deux régions liées à deux époques de sa vie. Pourtant, elle aime être ici, dans la maison basse léguée à Pierre par ses parents, avec cette cour-jardin plantée de roses trémières, de rosiers grimpants, de lauriers roses — que de rose ! —, de chèvrefeuille, de clématites, avec un solanum, un olivier, tout ce qui peut croître dans un aussi petit espace clos de murs, protégé des regards et du vent.

Les enfants adorent sans vraiment savoir pourquoi : dès qu'on franchit le pont en voiture — et cela, depuis tout petits —, ils changent de comportement, se redressent sur les banquettes, demandent qu'on baisse les vitres pour respirer le « bon air », celui qui sent le varech, les pins ; en fait, la liberté.

Pour répondre à l'excitation des petits — et à celle du chien lorsqu'ils en avaient encore un —, ils s'arrêtent à la première plage, celle de Rivedoux, et tous se précipitent jusqu'à l'eau, saisis par le ravissement, quelle que soit la marée : « C'est merveilleux, tu as vu : la mer est haute ! » Ou : « Quelle étendue, c'est prodigieux quand la mer est basse... »

« A croire, se dit Camille en achevant de préparer le melon, les jus de fruits, le café, le pain grillé du petit déjeuner qu'ils prendront dehors, dès qu'ils daigneront se réveiller, que la mer n'est jamais moyenne... Elle ne sait qu'être excessive, comme tout ici ! »

Ainsi cette comédie, parfois dramatique, qu'ils improvisent tous les étés, dans ce lieu comparable à une scène, avec son groupe d'acteurs-spectateurs, les mêmes d'une année sur l'autre, des habitués quittés en septembre, retrouvés en juillet dix mois plus tard. Tout de suite avides — cela se voit à leur regard — de savoir ce que sont devenus « les autres ». Ceux qui ne sont pas eux...

Camille s'y prépare, soigne sa tenue, son *look*, trouve des prétextes satisfaisants pour expliquer pourquoi elle a grossi, maigri, modifié sa couleur de cheveux (pour l'instant, elle est noir de jais, avec une coupe à la Louise Brooks), pourquoi Pierre n'arrive qu'à la fin du mois, pourquoi Anna fait la tête — la « gueule », plutôt : à cause d'une amourette ratée —, enfin bref, qu'elle-même a tant de soucis pour « ouvrir » la maison que non, elle n'est pas encore assez libre pour accepter le verre, le café, le dîner...

En somme, elle se place d'entrée de jeu sur la défensive. Passant parfois à l'attaque... Posant à son tour aux curieux des questions pointues, presque agressives... C'est sa façon de retourner l'arme — verbale — vers l'assaillant. Combat perpétuel, quelque peu lassant en vacances, mais seule façon de protéger son intimité.

Qu'est devenu le bon temps de sa jeunesse ? Quand elle n'était rien ni personne, juste une ombre presque invisible aux autres, elle pouvait alors les observer à loisir en se disant : « Jamais je ne serai comme eux ! »

Hélas, la seule façon d'échapper à l'âge adulte et à ses inévitables mutations, c'est de mourir avant d'y atteindre. Ce qu'a fait son jeune frère, et aussi Bertrand, son premier flirt, l'homme de son premier baiser, tard donné, à dix-sept ans. (Jusque-là elle s'était refusée aux caresses.)

On dit que les morts continuent de vivre tant que quelqu'un pense à eux. A intervalles réguliers, Camille évoque Bertrand, leur course soudaine pour s'isoler dans ce petit bois de sapins, puis le rapprochement bouleversant de leurs bouches, léger pour le corps, violent pour l'âme.

Le lendemain, ç'avait été la séparation — le séjour à la montagne était terminé. Quelque temps plus tard, la nouvelle était tombée : Bertrand s'était tué à scooter.

Comme un trait qu'on tire... Pourtant, les images subsistent, réapparaissent, sa mémoire n'a pas l'air de savoir que Bertrand n'existe plus, que ce n'est pas la peine de le faire revivre en elle ; au reste, ils n'avaient pas eu le temps de s'aimer. Ce doit être sur elle-même que Camille s'émeut en pensant à son premier baiser...

Sans doute n'avaient-ils que ça à échanger sur cette terre, cette entrée chaste dans le royaume de l'amour. Sans qu'aucun mot n'ait été prononcé...

Est-ce par fidélité à ce silence qu'elle n'en a jamais parlé à Pierre ? se demande-t-elle en disposant les tasses bleues sur la nappe blanche et jaune. Son mari n'aurait pas compris l'importance de ce premier baiser, il en aurait ri. « Sans blague, et il ne t'a pas sauté dessus aussitôt après ? J'étais plus déluré que ça, moi, à son âge... »

En revanche, si Bertrand l'avait caressée, peut-être

dévirginisée, elle aurait entendu Pierre, ce jaloux invétéré : « Tu as besoin de me raconter ces cochonneries ? »

Pierre, son actuel amour. Le père de ses enfants... Personne ne peut savoir ce que c'est, pour une femme, que le lien qu'établit la procréation... Si, en réalité tout le monde le sait, l'imagine, mais peu s'émeuvent du miracle que représente le mélange de sa chair avec celle d'un étranger pour qu'en surgisse un être nouveau, fait de vous et de lui ! Cette énigme, ce ravissement !

Comment des gens qui ont conçu ne serait-ce qu'un seul enfant ensemble peuvent-ils en venir à se séparer ? Autant couper l'enfant en deux... C'est d'ailleurs ce qui se produit ; même si l'on tente de nos jours de ne pas s'en affecter, si on se targue de former des familles dites recomposées, si l'on se flatte d'enrichissement affectif, les enfants de parents divisés ont comme une ligne en pointillé qui les coupe par le milieu. Une sorte de muret de la honte... Parfois le plus gros morceau est du côté de la mère — ou c'est du père. De toute façon, quelle charcuterie !

Qu'a-t-elle, ce matin, à songer au déplaisant ? Quelque chose qui la tracasse ? C'est le cas lorsque le souvenir de Bertrand remonte à la surface, comme si elle cherchait à repartir du tout début de sa vie de femme pour... la revivre ? La retricoter autrement ? La réparer, peut-être ?...

Mais qu'y a-t-il à revoir ou à changer ? Ce qu'elle vit avec Pierre et les enfants la satisfait pleinement. Elle l'a voulu, choisi, cet homme, et elle se sent très bien avec lui dans son existence d'aujourd'hui.

C'est d'ailleurs ce que disent les copines, celles d'ici comme celles de Paris : Camille est une femme heureuse, pleinement heureuse.

Une image qu'elle est fière d'incarner. D'autant plus qu'elle est vraie. Et on a la vie qu'on mérite, n'est-ce pas ?

A propos, pourquoi le courrier est-il si long à venir ici : parce qu'on est sur une île ? Quand va arriver la lettre ?

« Vous êtes prêts, on peut y aller ? Personne n'a rien oublié ? »

Alexandre savait bien que si, et que, dans les jours qui venaient, il lui faudrait poster — ou faire envoyer par sa secrétaire — une kyrielle d'« indispensables » laissés en rade à l'instant du départ : l'ours d'Anna — « Je n'ai pris que mon lapin ! » —, le jeu vidéo si spécial de Théodore, le bandana « génial », là encore d'Anna, sans omettre le vieux maillot de bain d'Hélène, le seul dans lequel elle se sentait vraiment bien parce qu'il était trop large et dissimulait ses rondeurs...

Cela, pour cette année. Ce serait autre chose la saison prochaine, car si le lot des « oubliés » était immuable, Alexandre s'occuperait d'en faire d'avance la collecte. Mais, à chaque départ en grandes vacances, l'épisode se reproduisait. En fait, comme il a fini par le formuler à son propre usage : c'est lui qu'on laisse derrière pour encore un mois, et qu'on aimerait emporter tout de suite avec soi... Ce qui le touche et le rend indulgent.

Autre rituel :

— Vous téléphonerez dès l'arrivée ?

— Bien sûr...

— Où est Théodore ?

Passé dans un autre wagon à la suite de ce qui est sa passion dans la vie et qu'il n'a plus : un chien !

— Anna, récupère ton frère, s'il te plaît. Vous devez rester groupés, il y a tant de monde aujourd'hui dans cette gare !

Lui viendra en voiture : déjà pour le week-end du 14 Juillet, puis le 3 ou 4 août, en laissant passer le 1er, le jour des « beaufs ».

A propos, n'est-il pas en train d'en devenir un ? On déprécie facilement les autres en les précipitant dans une catégorie ou une autre : beauf, baba-cool, snob, antipathique, richard, demeuré, etc. La liste est interminable, mais, pour ce qui est de soi, on se juge au-dessus de la mêlée.

Or n'est-il pas — insensiblement — rentré lui-même dans le rang ? Le voici accompagnant au train des vacances sa femme et ses enfants comme tous les pères qu'il aperçoit autour de lui, plus ou moins jeunes mais tous pareillement concentrés, et, il faut bien le dire, légèrement agacés. Pour ne pas dire exaspérés. Car, là encore, le rituel se reproduit à l'identique à chaque grand départ.

Hélène, elle, cette année encore a eu l'air de s'en ficher. Elle fait les choses comme toujours, avec méthode, régularité, sans montrer son irritation ou son impatience. En éprouve-t-elle ?

C'est ce qui lui a tout de suite plu lorsqu'il l'a rencontrée, il avait vingt-neuf ans et elle vingt-trois : ce calme, qui pouvait passer pour du flegme ou du sang-froid. En tout cas, qui le rassurait... C'est vrai qu'elle avait fait des études d'infirmière, métier qu'elle a abandonné pour devenir secrétaire, puis secrétaire médicale afin d'avoir des horaires plus compatibles avec une vie de mère de famille.

Alexandre aurait aimé qu'elle travaille pour lui, avec lui, mais elle n'a jamais voulu : « Un mari et une femme qui ne se séparent ni de nuit ni de jour finissent forcément par se quitter... Ne serait-ce que pour respirer ! »

Là, elle va pouvoir « respirer » tout un mois. Sans lui. Puis ils seront à nouveau ensemble, en famille, pendant quinze jours, et elle devra rentrer avant lui au cabinet médical. Ils déposeront les enfants chez les grands-parents, à la campagne, pour finir le mois. Lui, ira alors faire un peu de bateau du côté de La Trinité, avec ses copains.

16

Bon arrangement, qui se répète depuis la naissance de Théodore, il y a dix ans, et les satisfait.

A tout bien considérer, n'est-ce pas cela, rentrer dans le rang ? Où est l'aventure, l'imprévu, le « pas comme tout le monde »... ? Bien sûr, en hiver, ils se paient une escapade. Mais elle est prévue d'avance, planifiée, là encore : sinon, pas de place dans les hôtels ni dans les avions... Les Antilles, les Seychelles, l'île Maurice, l'Egypte, la Grèce, ils ont « tout » fait.

Tout quoi ? Ce que font les autres... Tiens, ce type en train d'enfourner les bagages de sa petite famille dans le compartiment d'à côté, il est sûr de l'avoir déjà côtoyé, où ? Mais à Saint-Barth ! L'autre lève les yeux, leurs regards se croisent, ils se sourient, se saluent, sortent une banalité :

— Alors, ce sont les vacances ?

— Hé oui, mais pas encore pour tout le monde...

Toutefois, il a l'air bien guilleret, ce type. Ravi de voir partir son entourage familier, plus le chat dans son panier : « Bon voyage, Zouzou... » Oui, bon voyage à tout ce qui fait certes la richesse de la vie, mais comme tous les trésors pèse lourd...

Il faudrait qu'il recontacte l'agence immobilière. Il avait dit à Carole de le lui rappeler, et elle qui n'oublie jamais rien, qui note tout sur un carnet ou dans un coin de sa tête, n'a pas dû le faire, puisqu'elle ne lui en a pas reparlé. Peut-être attendait-elle qu'il soit libéré, du fait du départ des siens, qu'il ait le temps d'y réfléchir afin de décider si son souhait est sérieux ?

Veut-il vraiment acheter une baraque dans le Midi ? Là-bas aussi, les choses et les lieux ont dû changer, depuis le temps... C'était si beau, à l'époque, la presqu'île de Saint-Tropez, ses environs, cette plage, la Bastide Blanche, à laquelle on n'accédait qu'à pied, par de petits sentiers rocailleux... Bien sûr, les stars et les millardaires — qui sont parfois les deux — ont colonisé l'endroit. A cause de la beauté du site ou par grégarisme ? Il paraît qu'ils essaiment ailleurs, ces derniers temps — à l'île de Ré où ils ont froid, à Moustique où il s'ennuie... Mais c'est plutôt une bonne nouvelle, car cela doit désengorger le marché de l'immobilier dans le Midi.

Est-ce qu'il ne serait pas agréable et même délicieux d'avoir un lieu, une maison — ils n'en ont pas — où se rendre chaque été, et même dans l'année, quand le désir leur viendrait de changer de décor tout en restant dans un cadre familier ?

Il en a un peu assez de se retrouver à chaque déplacement dans une chambre différente, confronté à des serveurs qui, quoique changés, diffèrent à peine les uns des autres : en somme, de naviguer dans du nouveau qui n'en est pas. Dans une répétition qui ne permet d'y accrocher aucun sentiment, puisque, en dehors de l'analogie des façons de vivre, ce n'est jamais la même chose.

Ni les mêmes gens.

Ce doit être ça, vieillir : avoir besoin de s'attacher à des choses qui ne bougent pas, et aussi de laisser une trace : un arbre, un buisson qu'on plante, une couleur de peinture qu'on a choisie, une œuvre qu'on a commencée, un dessin, une sculpture qui attendent paisiblement qu'on les poursuive. Une tâche qui a besoin de vous pour être continuée jusqu'à son terme, lequel reste indéterminé, comme celui de la vie...

C'est déjà bien assez agaçant, pour ne pas dire affligeant, d'avoir à se préoccuper de sa propre mort alors qu'il vient à peine de dépasser la quarantaine, de songer à sa retraite, aux assurances-vie, d'envisager l'avenir des enfants et de sa femme en cas de décès par accident, maladie courte ou longue, voire de handicap modéré ou total — oui, tout est désormais prévu dans les polices d'assurance, même qu'on se retrouve sans mains, sans pieds (côté droit ou gauche, la prime est selon, les tarifs aussi). De plus — c'est la dernière trouvaille des assureurs — avec ses propres obsèques payées d'avance !

Au moins les pharaons, qui nourrissaient sans doute le même genre de soucis, en faisaient-ils une œuvre d'art, de leur angoisse face à la mort, un défi à l'éternité ! Tandis que ses contrats avec le Gan, la Maaf, la Lloyd, Groupama n'ont vraiment rien d'artistique...

Ils sont même platement désolants, il le sait d'autant mieux qu'il se contraint à les lire jusqu'à la plus petite et dernière ligne, car on connaît la malignité des assureurs ! Il en a encore découvert une bien bonne, la semaine dernière, dans la police de son assurance auto... Il va d'ailleurs changer de boîte pour le cas où ! Et tous ceux qui se sont fait piéger parce qu'il n'était pas prévu d'assurance-tempête ! Heureusement qu'eux-mêmes n'ont pas de maison, mais quand il en aura une, celle du Midi, on peut compter sur lui pour se montrer vigilant sur le chapitre des ouragans !

Ce qui laisse entendre qu'il la veut, cette maison, ce mas perdu dans quelque pinède — quoique pas trop proche, de crainte des incendies de forêt (penser à faire figurer le risque dans l'assurance, là aussi) —, avec la mer à l'horizon, bleue, impavide, sublime...

En somme, ce qu'il a connu autrefois, et il suffit qu'il y repense pour que toutes les sensations d'alors lui reviennent, les odeurs : celles du petit matin fleurant bon les arbres, les géraniums, la terre encore humide de rosée, et celles du soir, jasmin, roses, fumée des flambées de sarments pour les grillades, elles-mêmes si odorantes : côtelettes d'agneau, bars, maigres...

Les sons aussi lui sont restés présents : le crissement des cigales, le faible bruit de ressac sur la plage — rien à voir avec le flux et reflux puissant de l'Atlantique. Il finissait par s'endormir sur le sable sans crainte de brûler tant sa peau était hâlée, tannée... Une peau de « sauvage », lui disait-on lorsqu'il regagnait Paris.

Et les nuits, ces nuits chaudes et étoilées, propices aux bains de minuit, illuminés, certains soirs, par des phosphorescences marines...

Bon, et alors ? N'a-t-il pas connu plus beau, plus ensoleillé, plus bleu, plus vaste dans l'océan Pacifique, l'océan Indien, en compagnie d'Hélène ? Avec ces bouquets de palmiers et de cocotiers, inclinés jusqu'à toucher l'eau transparente ?

Reste qu'il n'était pas chez lui.

Ce serait donc chez lui, le Midi ? En quelque sorte, parce que c'est là que... Que quoi ?

Qu'il a été heureux, tout à fait heureux.

Quelle pensée bizarre ! Est-ce entendre qu'il ne l'est plus, aujourd'hui, en famille ?

Bien sûr que si, mais il a envie d'entraîner ceux qu'il aime dans son bonheur d'autrefois. Où est le mal ?

Alexandre vient d'arriver au bureau, il n'a pas prêté attention au trajet, tant il était plongé dans ses pensées, sa rêverie.

— Carole, vous avez rappelé l'agence immobilière ?

— Je le fais tout de suite, monsieur.

Elle dit « Alexandre » quand elle parle de lui aux autres, mais lui donne du « Monsieur » quand elle l'interpelle directement. Ce protocole conserve la distance nécessaire entre un patron et une employée à laquelle il est amené à donner des ordres.

— Ils proposent quelque chose près du Castellet, derrière Bandol, mais il n'y a pas de piscine, c'est au milieu des vignes...

Bandol, c'est justement là qu'il a résidé autrefois, ainsi qu'aux Lecques, non loin... Dans des espèces de bergeries à peine aménagées, basses sous leur toit de tuiles. Quand venait l'époque des vendanges, cette odeur de raisin écrasé... Ce verjus bu au verre...

— Vous les rappelez tout de suite, Carole, et vous demandez un descriptif, avec des photos.

— Et le prix ?

— Bien sûr, le prix aussi.

Il n'y pensait pas ! Pas son genre, d'habitude, d'ignorer l'argent ; il a appris à compter jusqu'au centime près depuis qu'il est dans les affaires.

Il n'en a pas encore parlé à Hélène. Ils n'ont

d'ailleurs jamais parlé du Midi. Connaît-elle ? Il n'en sait rien. Elle passait ses vacances de jeune fille à La Tranche-sur-Mer, puis à Belle-Ile. Un autre univers.

C'est curieux, d'ailleurs, comme ils n'ont jamais mélangé ou échangé leurs souvenirs de jeunesse. Ceux de leur enfance oui, chez leurs grands-parents respectifs vivant les uns dans le Morvan, les autres en Normandie. Mais, pour ce qui est de leur adolescence, chacun a conservé la sienne secrète.

En fait, il n'y a rien à cacher : puisqu'ils ne se connaissaient pas, ils étaient libres, avaient le droit de faire ce qu'ils voulaient...

Et Alexandre faisait bel et bien ce qu'il voulait, en ce temps-là. Est-ce que ça se reconquiert plus tard, la liberté, quand on l'a perdue, ou disons volontairement aliénée ?

Pour l'instant, il a cette montagne de dossiers à parcourir et cette tonne de coups de fils à passer.

Un tapis d'algues qui, par endroits, fait mur, s'entasse sur le sable de la plage, rendant difficile l'accès à la mer, elle-même surchargée de ces végétaux gluants, inquiétants, qui vous enlacent les épaules, s'enroulent autour de vos poignets, de vos chevilles...

— Pouah, c'est dégueu ! s'exclame Anna avec toute la force de répulsion de ses treize ans.

— Voyons, dit Camille qui se veut encourageante, les algues ne piquent pas, du moins pas cette espèce-là, et tu sais bien qu'il y a des gens qui paient des fortunes pour en avoir dans leur baignoire. Cela soigne toutes les maladies !

— Mais je n'ai pas de maladie ! s'indigne la jeune fille dont le minuscule deux-pièces — à peine un string et un « soutif » — laisse à nu une telle surface de peau que sa mère, à part soi, comprend qu'il ne doit pas être agréable de l'exposer aux attouchements de la flore marine.

— Toi, il te faudrait une piscine, comme les princesses de Monaco ! rigole son frère Gilles en enjambant bravement la liasse brune, son masque de plongée remonté sur le front.

Quelques mètres plus loin, il se jette à l'eau et s'en va explorer ce qu'il appelle pompeusement « les fonds marins ». Gilles s'adapte à tout, car tout lui est surprise. Il réapparaîtra en soufflant, crachant de l'eau salée, pour courir jusqu'à sa mère :

— J'ai vu une sorte de truc plat, bleu, avec des pattes, non, des tentacules...

— Brrr, une méduse, s'écrie Anna en se retournant sur le ventre pour mieux protéger de tout contact, fût-il imaginaire, les parties les plus vulnérables de son anatomie.

— Mais non ! Les méduses, je connais... Ça, c'est du jamais-vu...

Un jour, Gilles aura tout vu, se dit Camille, tant il met d'appétit à découvrir le monde. Est-ce cela, un garçon ? Ou le sien est-il particulier ? En plus, il lui fait partager ses émerveillements, elle sait beaucoup plus de choses sur le monde depuis qu'elle l'a auprès d'elle et qu'il grandit en étendant son territoire en même temps que le sien.

Plus que ne le fait Pierre ?

Son mari la pousse à approfondir son rôle d'épouse, de femme, mais, d'une certaine façon, il l'y cantonne. Il la veut consolatrice, fidèle, presque immobile... Quand elle se permet une fantaisie, déjà vestimentaire, il fronce le sourcil avant d'approuver. Ou de rejeter... Elle sent qu'il se demande quelle image — acceptable ou pas ? — sa femme va donner d'elle, et donc de lui. En même temps, il pèse le fait qu'il faut bien qu'elle suive la mode, se fasse aussi plaisir... Mais elle doit demeurer identique. La même. Celle dont il a besoin.

Malraux ne disait-il pas qu'aimer un être, c'est avant tout en avoir besoin ?

Elle est le besoin de Pierre. C'est un grand rôle, puisqu'il est vital... Elle exagérerait si elle se comparait par exemple à une assistance respiratoire, mais il y a de ça. Quand Pierre sort de son domaine, son bureau et ses affaires, il est mal adapté à la vie qu'on peut qualifier d'ordinaire.

L'évolution des enfants, en particulier, si rapide à notre époque, souvent le dépasse. « Faut-il vraiment que... ? » lui demande-t-il à propos du désir que manifeste l'un ou l'autre d'avoir un ordinateur, un blouson de cuir, des baskets de telle ou telle marque, un portable... Et la première sortie — la « boum » — d'Anna, un certain après-midi, quelle affaire pour son père !

24

— De mon temps..., a-t-il commencé.

— Ah non, a protesté Camille, tout mais pas ça !... Ton temps n'est pas autre que le leur... Ne te déguise pas en aïeul, je ne laisserai pas faire !

Ce qu'elle se sent jeune, parfois, à côté de lui ! Ils n'ont pourtant que cinq ans de différence ; mais elle, Camille, vivant avec les enfants, est obligée de rester *in gear*, branchée.

Quoique...

Elle n'aime pas sans réserve tout ce que l'époque convoie, exige, impose. Qui pourrait se réduire à un mot, un seul : rapidité !

Tout se fait, doit se faire à un rythme accéléré... D'une saison à l'autre, les codes changent chez les adolescents, ceux qui régissent les vêtements, les jeux, les lieux de rendez-vous, le choix des émissions télé, et, bien sûr, le vocabulaire. Comme la manière de l'employer.

Stupéfaction de Pierre, parfois, à table :

— Je ne comprends rien à ce qu'ils disent, tu peux me traduire ?

C'est qu'ils parlent à une vitesse...

Elle aussi aurait parfois envie de dire : « A mon époque... » A table, lorsqu'elle était enfant, elle n'avait pas le droit d'ouvrir la bouche tant qu'un adulte, qui prenait tout son temps, exposait quelque chose. Et, quand c'était son tour, le nombre de fois où on lui a répété : « Parle distinctement... »

« Ce que tu t'exprimes bien », lui disait-on plus tard dans son groupe de jeunes. Parfois, c'était presque un reproche... Mais Camille a continué, elle aime les mots, le beau langage, l'expression juste, la poésie... Elle connaît des kilomètres de vers par cœur... En cite parfois aux enfants qui la regardent, ébahis. Eux ne retiennent même pas les paroles des chansons à la mode... Ils ne savent rien !

Si : sur quel bouton appuyer pour obtenir ce qu'ils désirent. Une boisson, une émission, un numéro de téléphone, faire marcher tel ou tel appareil qu'elle a commandé et qui sort démonté de sa boîte... Comme s'il y avait, dans leur tête, une structure toute prête pour accueillir et comprendre la nouveauté, des schémas, une sorte de prédisposition à l'électronique. Apprise ou héritée de qui ? Certainement pas d'elle... Elle préfère la scansion de la poésie racinienne, baudelairienne. *Entends, ma chère, entends la grande nuit qui marche...*

Musique de l'âme qui suffit à la mettre en extase. Or, si elle récite à voix haute une telle incantation devant les enfants, ils demeurent cois. La jugent-ils ridicule ?... obsolète ?... un peu maboule ? Ça ne fait rien : on l'aime quand même...

Pierre, lui, l'embrasse sur les cheveux : « Mon poète... »

Mais non, elle n'est pas poète, malheureusement, elle n'est que sensible à la beauté des choses, qu'elles soient naturelles ou transfigurées par l'art. Quant à celle des machines... Camille distingue mal une marque de voiture d'une autre ; du moment que ça roule, qu'il y a de bons freins et des airbags, pour ce qui est de la caisse, elle s'en fout !

— Préparez-vous, les enfants, il vaut mieux rentrer, le soleil commence à brûler. Approche-toi, Nana, que je te remette un peu de crème dans le dos, et enfile ton T-shirt...

— Mais je ne vais jamais brunir !

— Tu as envie d'être noire comme une Canaque ?...

— D'abord, c'est joli. Ensuite, Véro, qui est en Espagne, sera plus bronzée que moi à la rentrée ; j'aurai l'air de quoi ?

— De ma jolie fille ! Ça ne te suffit pas... ?

— Maman...

Camille aussi, lorsqu'elle était à peine plus âgée qu'Anna, adorait revenir pain d'épices à Paris et étonner copains et copines : « Où t'as pris ça ? »

Dans le Midi.

Il ne faut pas qu'elle oublie de regarder dans la boîte, au retour à la maison : la lettre-contrat est peut-être arrivée ?

Ma belle grande,

Je profite du vide — incommensurable — que vous laissez tous les trois pour faire ce que tu me recommandes depuis le début de l'année ! Dentiste, dermato, ostéo, mais aussi virée au Bon Marché, *rayon hommes, où les soldes sont — tu avais raison — formidables. Tu verras, entre autres, la chemise de coton bleu-gris assortie à mes yeux — c'est la vendeuse, du genre qui a fait toutes les guerres, c'est-à-dire toutes les campagnes de soldes depuis vingt ans — qui me l'a assuré !*

J'ai aussi téléphoné à Mimi — mais aller la voir seul est au-dessus de mes forces, je préfère qu'on soit ensemble ; au bout de deux phrases, je ne sais plus quoi lui dire. Quant à elle, elle rabâche sur le thème : « Quand tu étais petit... » Remarque, c'est intéressant ; d'après ma vieille nounou, j'étais le contraire de ce que je suis maintenant : rebelle, indiscipliné, mal coiffé (évidemment, je n'ai plus assez de cheveux pour l'être !), mal embouché (depuis tu m'as éduqué). Et quel ours... De fait, je n'étais pas encore marié.

Mais je ne te parle que de moi ! C'est que j'ai du mal à écrire à la main et je ne vais pas dicter mes secrets conjugaux à Mme Lambraud ! Restait l'e-mail, mais tu n'as pas voulu emporter ton Powerbook...

Alors je reprends le stylo comme au temps de notre rencontre et de ton voyage — que je ne t'ai pas encore pardonné — aux îles d'Hyères... Qu'allais-tu chercher là-bas avant de prendre la décision d'accorder enfin nos violons ?

Je ne l'ai jamais su... Mais j'aime que tu gardes une part de mystère. Pas trop grande...

Et les petits monstres, je veux dire nos chers enfants ? Que font-ils de plus — ou de moins — que l'année dernière ?

J'imagine Gilles nageant plus loin encore, et Nana passant encore plus de temps dans la salle de bains... Que j'ai enfin, ici, pour moi tout seul — ou presque : je la partage avec la présence indélogeable de tes parfums. Celui de ta crème au magnolia, de ton essence de jasmin, surtout de Trésor... Son effluve m'obsède tellement que, dans la rue, il m'arrive de suivre machinalement une femme qui s'en est aspergée... Puis je me reprends : elle n'est pas toi, elle n'a pas tes seins, ta bouche, tes jambes, ton cul... Tout ce qui est toi pour moi qui suis à toi.

Ton mari de cristal (quinze ans bientôt — déjà...).

Oui, une lettre était bien arrivée, que Camille a lue en souriant, mais ce n'était pas LA lettre, celle qu'elle attend.

Après lui avoir soumis le courrier à signer, transmis des appels, tous « urgents », donné à parcourir la revue de presse qu'elle découpe dans les quotidiens à son intention, Carole s'est levée pour retourner dans son petit bureau, lorsqu'elle laisse tomber comme un détail sans importance :

— J'ai eu des nouvelles de l'agence.

— Que proposent-ils ? demande Alexandre sans laisser paraître ni d'intérêt particulier, ni son agacement que sa secrétaire ait fait de la rétention d'information pendant plus d'une demi-heure.

A-t-elle perçu quelque chose de son impatience à ce sujet, est-ce sa forme de sadisme à son endroit ? Ceux qu'on emploie en montrent tous plus ou moins envers qui les paie... Et l'utilisent pour signifier qu'il n'y a pas non plus égalité de leur point de vue...

Eh bien non, il n'y a pas égalité, et c'est tant mieux ! On vivrait au royaume des clones si l'on était tous semblables, pareillement pourvus en talents comme en biens de ce monde... Est-ce qu'il possède un yacht, lui, un hôtel particulier, et sa femme une rivière de diamants ? Pourtant, ces choses existent bel et bien. Chez d'autres.

Carole se décide à lui lâcher la nouvelle :

— La maison derrière Bandol est bien à vendre, mais pas tout de suite. Ils l'ont louée.

— Il n'y a qu'à racheter l'option !

— Les arrhes sont payées, la personne y tient, paraît-il. Elle doit y passer un moment cet été.

— De toute façon, pour cet été, nous sommes sur l'Atlantique.

— Ils disent aussi que d'autres acheteurs se sont présentés. Si vous y tenez, il faut vous dépêcher de confirmer en adressant un chèque.

— Mais je ne l'ai même pas vue !

— Ils ont envoyé des photos.

C'est comme dans son souvenir, bien que ce ne soit pas la même maison... Une construction en pierres, sans doute une ancienne habitation de vigneron, avec des bâtiments accotés au fur et à mesure en fonction des besoins — poulailler, cellier, grange, etc. —, sûrement transformables en chambres indépendantes. Comme la maisonnette située à l'écart pour entreposer le bois, peut-être, ou remiser les outils du travail viticole. Le grand micocoulier ombrage la cour comme il convient, planté qu'il est du bon côté, vers l'est. On peut manger dessous à l'abri du soleil et du vent...

Oui, c'est tout à fait la maison où ils avaient logé autrefois. Il y en avait d'ailleurs eu deux : l'une près du Rayol, sur le flanc de la montagne qui s'élève vers la Chartreuse de la Verne, l'autre en regard du massif de la Sainte-Baume. Sans compter le vieux moulin, derrière Sanary, où il avait résidé deux semaines dans l'enchantement du bruit de l'eau courante — si rare en Provence — et l'agacement de celui de la route voisine qui commençait en revanche à devenir trop circulante. Ce que ce doit être aujourd'hui !

Tout lui revient : le chant des cigales au matin ; la pierre si chaude le soir qu'on ne peut s'asseoir sur le banc de pierre qu'après y avoir déployé un linge ; l'odeur des grillades dans la cheminée dressée dans la cour : pas exactement un barbecue, puisqu'on pouvait y faire un feu dont la braise durait jusqu'au lendemain, avec le ragoût de mouton qui finit d'y mijoter et sera prêt pour le déjeuner. Pris tard, vers les quinze heures, après le bain dans la mer bleutée, chaude, immobile...

Dure aux regards comme une plaque de métal,

mais si douce et accueillante dès qu'on y pénètre. A l'instar d'une très jeune femme.

Lui-même l'était, jeune, si jeune.

— Dites oui, Carole, téléphonez pour dire qu'on retient. Envoyez le chèque tout de suite...

— Bien qu'elle soit louée ?

— Elle ne le sera pas indéfiniment... Et cela permettra peut-être de faire baisser le prix d'achat ?

Ce qu'il s'en fout, en fait, du prix !

— Je ne crois pas, monsieur, il y a de la demande... Ces maisons anciennes, il paraît qu'il y en a de moins en moins à vendre. Des ribambelles d'Anglais arrivent, des Belges aussi, qui restaurent à tour de bras...

Carole prend un air dédaigneux.

— Qu'est-ce qui ne va pas, Carole, vous n'aimez que le neuf ?

— Ce n'est pas ça... Mais lorsqu'on va dans le Midi, il me semble que c'est pour être sur la mer...

— Les pieds dans l'eau, avec un ponton, un bateau amarré devant, comme à la Madrague, chez Brigitte Bardot ?

— Eh bien oui, il me semble...

— Vulgaire, ma chère ! De plus en plus frelaté ! La vraie beauté des choses, c'est dans l'arrière-pays qu'on la trouve.

Et dans l'arrière-vie... ?

— Autre chose : pour l'instant, vous n'en parlez surtout pas...

— Bien sûr que non, monsieur.

Il n'a pas envie d'annoncer à Hélène que c'en est fini de l'Océan, que pour leurs prochaines vacances ils vont migrer dans le Var...

Il croit l'entendre :

— Et les enfants qui aiment tant les vagues ? Ils se mettent au surf, un vrai sport...

— Vous pourrez toujours vous y rendre à Pâques, si c'est si important que ça. Ou alors début juillet...

Sans lui. Comme en ce moment. Et, s'ils n'en veulent vraiment pas, il ira tout seul habiter son mas...

Dispendieux, les vacances séparées ? La Bourse est bonne, et il n'a qu'à travailler un peu plus. Ne pas changer de voiture l'année prochaine, bien que ce soit prévu. Tout désir se paie. Alexandre n'y rechigne pas. D'autant qu'il sait ce qu'il veut, et va se le procurer.

C'était il y a longtemps, du moins s'il se fie au calendrier, car tout lui est si présent, quand il le laisse venir, qu'il se refuse à voir la vie — la sienne — selon le schéma ordinaire : une route qu'on parcourt en avançant toujours, sans qu'il soit possible de reculer...

Et si le bonheur venait essentiellement du corps ?

En ce temps-là, à chaque réveil, Alexandre ressentait en lui comme une giclée d'énergie. Qui le faisait non pas tomber du lit, mais en jaillir dans une série d'arabesques : faire des ronds de bras, lancer de jambe par-dessus la chaise où se trouvent posés ses vêtements, tentatives pour tourner la poignée de porte avec le gros orteil tout en enfilant son peignoir... Parfois il sifflotait, chantait, improvisant une comédie musicale à lui seul...

Elle était là, cependant, et se retournait dans le lit, quémandant :

— Tu ne crois pas qu'on pourrait dormir encore un peu ?

— Tu as vu le soleil ? Il est comme un œuf frais pondu. Y a plus qu'à le casser pour qu'il vous dégouline sur la peau...

— A propos de peau... reviens !

Il retournait au lit et c'est là qu'il trouvait à dépenser le meilleur de son énergie matinale, dans des ardeurs, des fantaisies à la fois physiques et mentales.

Délice renouvelé que caresser ce corps qu'il connaissait mieux que le sien, forcément. Qui, à part des obsédés, se regarde et s'explore soi-même avec l'intensité, la minutie qu'il met à contempler son amante ? Examinant sa peau grain à grain, s'émerveillant d'une rondeur, d'un délié, d'une attache...

Le vrai narcisse, c'est celui qui sait s'émerveiller de la splendeur du corps humain, donc du sien, dans celui d'un autre... Or rien ne donne plus à rêver que la souplesse, la douceur, la luminosité d'un corps de femme, qu'il soit tout à fait nu ou vêtu d'un rien — string, mini, brassière —, un cache destiné à mieux faire ressortir ce qui se montre : taille, jambes, épaules, dos... Tout se correspond dans ce miracle d'articulations qui tient de la machinerie d'automate transcendée par on ne sait quoi d'indéfinissable qu'à défaut de mieux, on désigne du terme aussi vague qu'émouvant de « beauté ».

A l'époque, Alexandre n'aimait que cette fille-là, comblé par la contemplation chaque fois nouvelle de cette taille plate et mince sur des hanches arrondies, nullement garçonnières, surplombant deux longues jambes où tout était esquissé, et non pas sculpté comme chez les sportives d'aujourd'hui : cuisse, mollet, bras cernés par une ligne douce et continue, le muscle enrobé dans cette chair d'enfant, lisse et rebondie.

Chacun de ses membres, lorsqu'elle était assise, couchée, lovée, semblait vivre sa vie séparément : un bras partant d'un côté, la main qui le prolonge comme indépendante, une jambe repliée sous la fesse, ou posée à l'équerre sur le genou. Sans effort perceptible, sans qu'on pût reconnaître l'une de ces figures qu'enseignent les spécialistes de la maîtrise corporelle... Aucune recherche d'attitude chez elle, rien qu'un abandon au plaisir d'occuper l'espace à sa guise, à l'image du chat, de l'oiseau, de la fleur...

Mimétisme du vivant qui ne se perd pas avec l'âge, mais change de direction, les femmes devenues mères prenant d'emblée la pose des nourrices avec leurs gestes précis — d'où les tiennent-elles ? — pour porter l'enfant, lui donner à téter sans le lâcher ; puis, quand elles reviennent à leur rôle social, se raffermissant, se statufiant dans des positions de top models — ces portemanteaux pour couturiers — ou alors de machines.

Oui, se dit Alexandre en riant tout seul, au fil du temps certaines femmes se mettent à ressembler à leur voiture, à leur lave-linge, à leur aspirateur... Comme certains hommes à leur chien ! Leur corps, s'escrimant à la performance, semble ne plus connaître que quelques gestes précis, utiles et efficaces... Ce qui ne tarde pas à déboucher sur la laideur... Et si Carole, occupée à taper dans le bureau qu'il traverse pour parvenir au sien, n'en est pas encore là, c'est étonnant comme elle commence à prendre la même allure que la chaise sur laquelle elle passe ses journées assise face à un écran !

« Ô ma liane, ma tige, ma fleur... » Mille comparaisons végétales lui viennent au cœur et à l'esprit quand il songe à nouveau à elle, son premier amour...

Aucune envie de lui donner son prénom, elle n'en avait d'ailleurs pas pour lui, puisqu'elle était toujours à ses côtés, ce qui fait qu'Alexandre n'avait jamais à l'appeler et, s'il se laissait aller à quelque caresse verbale, il se contentait de dire « toi ».

« C'est comme si c'était tout le temps Noël »,
s'exaspère Pierre, submergé quotidiennement par la
profusion des nouveaux gadgets.

A peine a-t-il le temps de s'habituer à son portable
dernier modèle, à son dictaphone encore plus
« mini » que le précédent, qu'il découvre qu'ils sont
devenus obsolètes et qu'il ferait mieux d'en changer.
Et vite ! C'est sa femme qui le lui dit, ou Mme Lambraud, sa secrétaire, qui réclame ci et ça pour l'ordinateur, ce qu'elle appelle des modems, des logiciels.
Ou encore son fils qui prend des airs méprisants face
à leur magnétoscope, ou dans sa voiture qui, n'est
pas équipée du lecteur de CD à l'entendre, de série
sur les autres marques...

Quand ce ne sont pas ses proches qui
l'aiguillonnent pour qu'il soit « en phase », c'est la
publicité à la radio, à la télé, dans les journaux. Sans
cesse quelqu'un ou quelque chose s'emploie à lui
expliquer qu'il est sur la mauvaise pente, celle qui
conduit au statut de « has-been ». Pire qu'un beauf
ou un plouc !

Au début, Pierre a essayé de lutter, se disant qu'il
n'avait nul besoin d'une voiture qui l'interpelle s'il
laisse — parfois exprès — sa clé de contact, ni d'un
téléphone vibrant dans sa poche comme un raton
laveur malappris, ni d'être bippé dans la salle de
bains pour se faire rappeler ses rendez-vous, etc.
Mais, peu à peu, il a dû s'incliner, confronté au
regard non compréhensif de ses connaissances qui
insinuaient, fût-ce sans le formuler : « Ah, vous n'en

avez pas, ou pas encore ? Eh bien, tant pis pour vous, mon pauvre vieux ! »

Certains — et pas seulement parmi les clients — laissant entendre que, s'il n'était pas « relié » comme tout le monde, comme eux, il allait perdre le contact...

Avec quoi ? Eh bien, avec le monde moderne, l'actualité, le courant des affaires... N'a-t-il pas déjà une radio, une télé, une voiture, alors pourquoi refuser ce qui va avec, les perfectionnements, les appendices, toutes ces pièces annexes ? Comme lorsque vous achetez un aspirateur, de nos jours, ou même un sèche-cheveux ou une brosse à dents électrique — quelle plaque dentaire se contenterait désormais d'autre chose ? — et qu'une multitude d'accessoires sont forcément présents dans l'emballage où ils tiennent parfois plus de place que l'appareil lui-même... Le pire, d'après sa femme, étant le mixer :

— Tu te rends compte de ce que je suis obligée d'engranger, juste pour un machin à écraser les légumes ou battre les œufs en neige ?

— Balance le reste !

— Tu sais bien que j'ai horreur du gaspillage... Quand je pense qu'une foule de gens se sont donné du mal pour fabriquer ces inutilités, puis pour les empaqueter...

Tous ces humains qui travaillent en quelque sorte « à vide », pour ne pas perdre leur place et leur statut dans la société, leur rang dans la file d'attente donnant accès au guichet qui leur délivrera le droit de vivre encore un peu... « Et même plus longtemps que vos parents, vous vous rendez compte de la chance que vous avez ? »

Il n'en est pas certain.

Pierre revoit sa mère, si heureuse le jour où elle a reçu et fait installer son premier lave-vaisselle : « Tu vois, ça, mon petit, c'est l'instrument de la libération des femmes, plus encore que le lave-linge... La lessive, tu peux ne la faire qu'une fois par semaine, et même hors de chez toi, en laverie, alors que la vaisselle, c'est tous les jours, et quelle corvée !... Les hommes n'aident pas, il n'y a pas à sortir de là ; ça les barbe encore plus que nous ! »

Oui, le progrès, alors, en était un.

Qu'est-ce qui constitue un progrès dans ce qu'il lui faut acheter, payer, apprendre à utiliser de nos jours ? L'appareil photo numérique, le vidéoscope, le magnétoscope ? Les enfants insistent, choisissent, décident, rentrent triomphants à la maison après la virée dans une grande surface, chez un revendeur ou un autre, pressés de « jouer » avec leur nouvelle conquête. Cela dure quelques heures... et puis fini !

Plusieurs semaines plus tard, quand il en demande des nouvelles, il apprend que l'acquisition, pour onéreuse qu'elle ait été, est devenue « obsolète » car une simplification — en fait, une complication de plus — vient d'apparaître sur le marché...

Le parcours est annulé, il faut tout recommencer. A zéro.

Pour quel profit, la cagnotte de qui ?

Heureusement, il a conservé son vieux *Leica,* et il va s'en servir quand il aura rejoint la famille en vacances, ce prestigieux appareil à moissonner des chefs-d'œuvre dont se servaient Doisneau, Cartier-Bresson, et qu'ils n'auraient jamais échangé contre quoi que ce soit de labellisé « nouveau ».

Le nouveau, Pierre en a assez, il en a fait le tour, on peut aller explorer Mars sans lui, cloner tout ce qu'on voudra pour se dépêcher ensuite de l'abattre, trafiquer le génome de ci ou de ça et finir par l'arracher, etc. Lui est bien décidé à demeurer dans ce qui a été son univers de départ, de formation. Il va se faire i-na-movi-ble.

Un vieux schnock ?

Bonne idée : il va se procurer un T-shirt — il connaît une boutique où l'on imprime à la commande — où il sera précisément écrit : « Vieux schnock ! »

Et on verra bien qui osera se moquer ! D'ailleurs, les rieurs seront peut-être de son côté...

D'ici là, à la poubelle. Quoi ? La Swatch, déjà cassée et irréparable, le miniportable, la boule anti-

39

stress... Il va tout donner à Mme Lambraud qui a sûrement ses pauvres : quelques hyper-branchés.

Où a-t-il lu autrefois qu'un petit malade, psychotique grave, se considérait comme une machine toute garnie de fils imaginaires sans lesquels il croyait ne pas pouvoir vivre et que les infirmières avaient pris l'habitude — fussent-ils invisibles, puisque inexistants — d'enjamber ? Ah oui, chez Bruno Bettelheim, dans *La Forteresse vide*...

Tous ceux qui l'entourent seraient-ils sur le point de devenir des forteresses vides ?

Tous sauf lui ?

Quelle solitude risque alors d'être la sienne...

Youpie !

On n'avait jamais vu un aussi mauvais temps en août : tel était le refrain général sous lequel perçait chez les autochtones comme une présentation d'excuses ou une demande d'absolution.

Ces bonnes gens avaient tout préparé pour l'été de l'an 2000, le dernier du millénaire, et se réjouissaient d'y faire la fête du commerce et du cœur avec les touristes. Mais, entre le temps qu'affichent les calendriers et celui de la météo, il y a de plus en plus comme un abîme d'impondérables... Du fait que tout ce qu'on parvient à mesurer — l'hygrométrie, la pression, la vitesse des vents et des courants, qu'ils soient d'air ou de mer — ne parvient pas à conférer la maîtrise des prévisions de cette chose aussi fluide et insaisissable qu'importante : le beau et le mauvais temps, la pluie et le brouillard, la canicule et la tempête...

« C'est comme en amour, se dit Camille en enfilant son ciré jaune avant de partir à bicyclette au marché ; les fluctuations de la météo demeurent hors de notre modeste portée ! »

Tant pis, tant mieux ?

Comme on fait son lit on se couche, et il est certain qu'à résider ou séjourner dans le Midi on met plus de chances d'ensoleillement de son côté.

Et elle, a-t-elle choisi le meilleur, le plus serein, le plus tranquille des climats conjugaux en épousant Pierre ?

Si elle n'a pas voulu d'Alexandre à l'époque — d'où leur séparation —, c'est qu'elle le ressentait tel l'Atlantique : variable, inconstant. Sujet aux fortes marées provoquées par l'apparition d'une femme, comme l'océan l'est par l'attraction de la Lune...

Non qu'au début il l'ait trompée, Camille pense que non — sans pouvoir en jurer : ces serments-là ne tiennent guère la route —, mais de plus en plus souvent elle le voyait ému par une fille ou une autre tout juste rencontrée. Parfois à peine entrevue...

Il ne disait rien, ne bougeait pas, croyant sans doute contrôler jusqu'à son regard ; toutefois, elle connaissait si bien son amant, il lui était devenu si consubstantiel qu'elle percevait jusqu'à son tremblement intérieur — celui du désir.

A ce moment-là, il s'appliquait d'ailleurs à poser sa main sur sa cuisse à elle. Pour l'apaiser, la rassurer, pour se remettre en mémoire leur amour à eux ou était-ce simplement l'un des gestes de l'amour ?

Non, Camille ne pouvait plus être heureuse dans ce climat croissant d'anxiété. Qui le pourrait ? Pour en avoir vu, de ces filles toutes faraudes d'avoir réussi à passer la corde au cou, le fil à la patte à un « coureur », chacun sait que c'est impossible. Trois mois après, elles apprennent qu'elles sont cocues et pleurent toutes les larmes de leur cœur et de leur corps délaissés...

« On devrait savoir, lorsqu'on épouse un séducteur, qu'il est fait pour séduire, et qu'il va continuer ! Un scorpion ne peut pas s'empêcher de piquer, ni un coureur de courir... Qu'elles sont sottes, imprévoyantes, ou alors trop sûres d'elles-mêmes, comme l'était chaque fois la dernière conquête de Don Juan ! La seule façon de tenir un homme infidèle, c'est de le fuir... Alors, il vous taraudera le reste de votre vie ! » Dans le regret, la nostalgie d'un amour qui lui est demeuré inaccessible...

A peine s'était-elle éclipsée du studio où ils vivaient serrés l'un contre l'autre, Alexandre et elle, profitant, pour faire ses maigres valises, d'un voyage, d'après lui « forcé », qu'il avait dû entreprendre en province auprès d'une vieille tante — tu parles ! —, que Camille l'avait perdu de vue...

Quoiqu'il se fût donné le mal de prendre une ou deux fois de ses nouvelles pendant qu'il était au loin : allait-elle bien ? pas malade ? pas écrasée ? Bon, alors à la semaine suivante, ou à l'autre encore, ses devoirs de famille passant pour une fois au premier plan. Camille devait le comprendre, avec sa générosité de cœur...

Certes, et si bien qu'elle avait préféré quitter la place !... Quand son amant était revenu dans le petit logement soudain vide, quelle qu'eût été sa surprise — mais peut-être s'y attendait-il —, il avait respecté son choix.

Vexant ?

Libérateur, en tout cas, tant Camille avait craint des scènes à n'en plus finir, des guets devant l'appartement qu'elle partageait avec Violette, une persécution larvée, un chantage à la passion...

Face à un tel détachement, si surprenant après les années de totale fusion qu'ils venaient de vivre, elle avait fini par se demander, certains soirs de cafard, s'il l'avait vraiment aimée.

Pour ce qui était d'elle, Camille, elle était convaincue de l'avoir adoré au point de se laisser entièrement posséder. Or, de son côté aussi, l'amour s'était arrêté net.

Comme lorsqu'une saison touche brusquement à sa fin, qu'on entre dans une nouvelle ère, un autre état des choses et du corps.

Oui, son corps avait pris ses distances avec celui d'Alexandre dès l'instant où elle avait pu l'imaginer dans les bras d'une autre, mélangeant ses sucs à ceux de cette étrangère, lui offrant tout ce qu'il avait prétendu — parfois crûment — n'appartenir qu'à elle, lui être totalement réservé : « Sinon, que Dieu me la coupe... »

Avait-il cessé de craindre la castration divine, ou, ce qui était plus concevable, s'était-il laissé emporter par un désir nouveau — celui qui pousse vers une belle inconnue tout mâle normalement constitué — au point de risquer leur amour, estimant que le feu et le jeu en valaient la chandelle ?... Quoi qu'il en fût, il l'avait perdue.

Leurs amis communs, à les entendre, ne l'en avaient pas trouvé très affecté : il sortait, riait autant qu'avant.

— Il a une fille avec lui ?

— A vrai dire plusieurs, mais ce n'est pas comme toi ; en public, il les regarde à peine, se fout qu'on les drague à sa barbe... Non, il n'est pas amoureux, ne t'en fais pas... Tu veux que je te dise : c'est une mauvaise passe, cela ne peut pas durer, vous allez bientôt vous remettre ensemble... Alexandre et toi, Camille, vous êtes inséparables !

Se l'entendre dire ne lui était pas désagréable : personne ne voit de gaieté de cœur filer son bien. Mais il n'avait rien tenté pour la retrouver, la reprendre, et elle non plus.

C'est alors que Pierre était arrivé dans sa vie.

Que va-t-elle lui cuisiner pour ce soir, quand il va débarquer de sa voiture, grand, mince, souriant, l'œil bleu pâle un peu ailleurs, indifférent comme toujours au temps qu'il fait ?

S'ils étaient dans le Midi, elle aurait acheté des légumes pour une ratatouille, des melons à point, du poisson à griller sur le barbecue, dans l'arôme du thym et du laurier... Mais allumer un barbecue sous cette pluie relèverait de l'exploit et ne la tente guère...

Décidément, ils ne sont pas du tout dans le Midi.

c'est pour assurer à leurs enfants un avenir où eux-mêmes ne seront plus qu'ils les éduquent en fonction de ce qui est demandé. Sans se rendre compte qu'ils y sont contraints par la force d'une machinerie sociale à laquelle nul ne résiste.

Sauf certains enfants, souvent les plus sensibles, qui freinent des quatre fers : des irréductibles qui ne veulent ni contraintes, ni diminution ou rectification d'eux-mêmes. On les traite alors de fous, de névrosés, de schizos, et hop à l'asile, voués aux drogues, à tous les traitements qu'il est pourtant d'usage de condamner dans les sociétés qu'on qualifie de totalitaires. Sans reconnaître que la nôtre l'est aussi, à sa manière, bien qu'elle y mette un zeste de cette élégance qu'on applaudit si fort chez nos grands couturiers ! Ou grands cuisiniers. C'est que l'élégance en tout, et même dans la façon de pratiquer l'exclusion, est un talent bien de chez nous, une spécialité maison, en quelque sorte !

De cela les jeunes amoureux avaient souvent parlé, au lit ou en bronzant sur la plage, histoire de se jumeler par les sentiments, les idées et pas seulement par le corps.

— Si j'avais des enfants, disait Camille, je les élèverais chez moi, je leur ferais la classe moi-même...

— Mais on n'a pas le droit ! Tous les enfants doivent aller au lycée, c'est obligatoire !

— On peut obtenir des dispenses, si on voyage tout le temps, par exemple... Je ne voudrais pas qu'on leur bourre le crâne comme il m'est arrivé chez les sœurs : tu as vu les dégâts ! J'ai beau m'étriller, me brosser, il m'en sort encore de l'eczéma...

— Tu exagères, tu es parfaite !

— Extérieurement ! Si tu savais comment c'est à l'intérieur, comme je juge, comme je condamne le monde, comme j'ai peur...

— De quoi ?

— De leur ressembler...

— A qui ?

— Mais aux autres ! s'écriait Camille en balayant l'ensemble de l'humanité d'un revers de bras.

— Il n'y a aucune chance, mon amour ! Tu es, tu seras toujours unique...

Alexandre avait raison : Camille est et reste unique, ce qui ne l'empêche pas de faire comme les autres. Ainsi de se rendre à Ré, l'été, à Saint-Clément-des-Baleines, comme beaucoup de Parisiens de son milieu et de son quartier.

Coïncidence, là encore ? Alexandre, lequel habite Auteuil, a loué une maisonnette aux abords de La Flotte. « C'est le coin le plus *up* », lui a affirmé Hélène dont une tante possédait, autrefois, sur l'avenue principale, une petite maison avec balcons en fer forgé.

— Quand j'étais petite, je venais en vacances ici même ! dit-elle aux enfants chaque fois qu'ils y passent pour aller au marché.

— Et tu te baignais où, Maman ?

— Mais sur la plage de la Concurrence !

Une évidence pour elle.

Alexandre se souvient également de « sa » plage, qui n'est pas celle de son enfance, mais de sa première jeunesse : *Pampelonne*, quatre kilomètres de sable fin alors sans paillotes, totalement déserte, une lagune de bonheur et de volupté où s'étendre, à l'abri de tout regard, entre les seins, les jambes de Camille.

Pendant de longues semaines, ils y vivaient sans questions, dans l'ivresse des beaux jours et du bel amour.

Pourquoi a-t-il renoncé à ce paradis ? A moins qu'on ne l'en ait arraché ?

Lui ne s'est rendu compte de rien, comme lorsqu'on vous opère sous anesthésie. On se réveille et le chirurgien, patelin, vous dit qu'il est content, il vous a ôté ci ou ça : ce que vous allez vous sentir mieux sans !

Alexandre se sent bien, il ne peut dire le contraire, avec Hélène et les enfants. Mais pas mieux, certainement pas mieux.

Quelque chose lui manque.

Une part de lui-même ?

Un organe invisible, peut-être vital.

48

Sur le sable, allongés chacun sur un drap de bain de couleur différente, ou côte à côte sur le lit après la sieste, ou encore assis dans les fauteuils installés sous le mûrier-platane au feuillage si touffu qu'il n'est nul besoin de parasol, Camille et Pierre parlent.

Des enfants.

Encore et toujours.

De temps à autre, une pensée traverse l'esprit de Camille : « On pourrait peut-être faire autre chose que discuter indéfiniment de notre progéniture, de ses qualités et de ses défauts ?... »

Mais Pierre poursuit, analyse, questionne... Son esprit de chercheur au travail ! Et Camille consent. Se dit qu'ils n'ont pas assez de temps devant eux, à Paris, pour aller jusqu'au bout — s'il y a un bout ! — de cette mise au point. De ce bilan. Sans cesse à refaire, à reprendre, car les conclusions ne font qu'évoluer, se développer comme les adolescents eux-mêmes.

Est-il normal que Gilles parle aussi crûment, désormais, et qu'Anna ne cesse de s'examiner dans la glace pour réclamer finalement un piercing, parlant de se faire insérer un anneau dans le nombril, cette horreur ?

— Pourquoi pas dans le nez, pendant qu'elle y est ? Ça se verra mieux !

— Mais il y a des filles qui l'ont fait à son lycée, elles portent des petits cercles d'argent amovibles qu'elles ôtent pour entrer en classe et remettent ensuite...

— Si mon père avait vu ça ! Il aurait hurlé, évoqué les négresses à plateaux, les sauvages...

— Mais elles *sont* sauvages !

— Ma fille ? Je ne peux pas croire ça d'elle...

— Comme si tu ne l'étais pas toi-même !

— Donne-moi un exemple de ma barbarie !

— Rien que dans ta façon de juger ta fille... Sans nuances. Ou plutôt totalement personnelle : tu la juges en fonction de ce qui te convient, sans chercher

49

à te mettre dans son monde, sans te demander ce qui est bon pour elle...

— Parce que se faire trouer la peau est bon pour elle ? D'abord c'est malsain, ensuite ça doit faire mal.

— Tu vois bien que tu ne veux pas te mettre à sa place ! Cela s'appelle une initiation, un rite de passage, afin d'entrer dans la société...

— Mais elle y est, dans la société, puisqu'elle est ma fille !

— Il s'agit de « ta » société, pas de la sienne...

— C'est quoi, la sienne ? Il y en aurait une différente de la mienne ? Alors je ne suis pas au courant !

— Oui, il y en a une. Et c'est pour te le faire savoir, pour que tu l'admettes enfin qu'elle se plante du métal dans la peau : c'est un message...

Pierre se tait. A-t-il commencé à comprendre ?

A propos, comment se fait-il qu'elle, Camille, puisse si facilement pénétrer le sens de ce que cherche à exprimer Anna ?

Parce qu'elle-même était déjà ainsi petite fille, puis jeune fille : se cisaillant les cheveux, s'épilant les sourcils — le drame avec sa mère —, se laissant pousser des griffes pour les rogner du jour au lendemain, portant des ficelles au poignet afin de leur faire savoir à tous qu'elle était... Quoi ?

Quelqu'un d'autre.

Pas de leur race.

Une mutante.

Un être libre...

L'est-elle encore aujourd'hui ?

« Je dois m'être laissée rattraper, peut-être même dépasser... »

Et par sa propre fille !

Après tout, c'est peut-être pour cela qu'on a des enfants : pour qu'ils se comportent comme s'ils étaient vos antennes braquées vers le futur ?

Mais qu'il est dur de l'accepter ! C'est faire le deuil de soi-même... De reine qu'on était, devenir régente, puis reine-mère, plus puis rien...

En elle, elle sent encore présente la jeune femme du temps des jours heureux. Qui se percevait comme ce qu'il pouvait y avoir de plus moderne au monde, toujours au courant de la dernière information, en avance sur tous et toutes les autres, ne fût-ce que dans sa façon d'aimer Alexandre...

— Où sont les enfants, à propos ? demande soudain Pierre.

— Ne compte plus sur eux pour prévenir quand ils sortent ni quand ils rentrent...

— L'auberge espagnole ?

— Non, des enfants libres. N'est-ce pas ce que tu voulais faire d'eux ?

— Cela dépend jusqu'à quel point. Il y a des limites...

— Lesquelles ?

— Camille, tu le sais aussi bien que moi : la morale, la dignité...

— Une seule façon de les leur inculquer : les vivre pour soi-même.

— Alors je suis tranquille...

— Vantard, va !

Elle l'a dit en souriant tendrement : c'est vrai que Pierre est un homme à principes. Trop, peut-être. Il n'aime pas ce qui l'oblige à infléchir sa vision du monde, celle qu'il s'est forgée il y a des années, lorsqu'il était tout jeune et qu'il avait dû — durement — s'extirper du marais familial : un père brutal, une mère qui s'était mise à boire...

Il y a réussi. Camille a pris conscience de son combat secret lorsqu'elle l'a rencontré, de sa lutte pour ne pas mépriser ses parents tout en se différenciant d'eux le plus radicalement possible.

Ça l'a émue. Elle l'a aimé, ce résistant, ce lutteur clandestin ; elle s'est dit qu'il ferait un bon mari, un bon père. Il l'est, mais cela revient parfois à se montrer trop rigide, ce qui l'agace, elle.

Et alors ? Si Pierre ne lui ressemble pas, c'est qu'ils sont proches mais non fusionnés : n'est-ce pas ce qui fait les bons couples ?

Oui, ils forment un bon couple.

C'est fou comme elle aurait parfois envie d'être seule au monde, sans eux tous...

Camille se lève.

— Où vas-tu ?

Elle a envie de répondre : « Vivre ! » ; elle se retient :

— Je vais boire un verre de jus d'orange. Tu en veux ?

— Oui, merci. Il fait soif.

Alexandre, lui, n'aurait posé aucune question en la voyant bouger — parce qu'il devinait à l'avance ce qu'elle allait faire ? — et elle serait revenue avec un seul verre pour eux deux.

Etait-elle une odalisque en ce temps-là, une esclave ?

Ou follement amoureuse ?

Pourquoi n'est-elle pas restée avec lui ?

Pour vivre.

Croyait-elle.

Lorsque Alexandre peut enfin descendre — on dit « descendre » dès qu'on quitte Paris en direction du sud — pour aller retrouver les siens — on dit « les siens » pour désigner sa femme, ses enfants, éventuellement ses parents, mais rarement ses frères et sœurs —, la première semaine d'août est entamée.

Autrefois, passé juillet, si l'été était commencé, il pouvait largement profiter du reste des beaux jours sans songer à l'automne. Maintenant, Pierre n'arrive à se mettre en vacances, en « roue libre », comme il dit, que lorsque le mur de la « rentrée » est déjà férocement en vue !

Ce qui fait qu'il n'y croit plus vraiment, à ses vacances ; c'est comme un long week-end, une pause qu'il a le sentiment d'avoir amplement méritée aux yeux de tous, ce qui la justifie aux siens.

Il est vrai qu'il se sent toujours un peu coupable quand il abandonne le bureau aux seuls soins de Carole, sa jeune secrétaire brune et vive — parfois un peu trop —, laquelle prendra sa seconde tranche de vacances plus tard, et des quelques employés qui assurent la permanence.

« J'étais présent en juillet, c'est mon tour ! » s'est-il répété en préparant sa valise.

Mal.

Hélène lui dira qu'il a oublié la moitié des choses, et il rétorquera qu'il n'y a qu'à racheter short, T-shirt, sandales, tout ce qu'elle estime qu'il doit porter, alors qu'il se contenterait volontiers d'un jeans, d'un caleçon de bain, de son si vieux chandail en cachemire qui n'a plus ni forme ni couleur, de ce jaune qu'il aimait tant. « Couleur soleil, lui disait la femme d'alors, mais c'est toi qui l'illumines de l'intérieur. »

« Bon à jeter », lui lance Hélène.

Il ne va pas se mettre à les comparer, la femme de sa jeunesse et celle de son âge mûr. Forcément, elles sont différentes, il ne vit plus la même vie, et c'est d'une compagne comme l'est Hélène qu'il a désormais besoin, laquelle est parfaite dans le rôle.

S'il avait épousé la première, ce serait sans doute revenu au même : les années passant, elle aurait changé de style avec l'entrée dans la vie active, la nécessité de faire face aux besoins des enfants qu'ils auraient fini par avoir.

A l'époque, ils étaient l'enfant l'un de l'autre...

Pierre ne s'en est rendu compte que plus tard, en se rappelant la façon dont Camille était penchée sur son corps, et lui sur le sien, comme on l'est sur celui d'un être qui ne sait pas encore très bien s'occuper de lui-même... L'autoprotection, faite de toilettage, d'inspection intime quotidienne, d'écoute et d'anticipation de ses besoins, s'apprend avec le temps. On se prend en main et on peut « défusionner », comme vous y incitent les « psy » ; on devient autonome ; à moins d'une incapacité temporaire, on ne demande plus que quelqu'un vous brosse le dos sous la douche, à peine qu'on vous extirpe un point noir...

La vie commune cesse d'être une perpétuelle caresse !

En ce temps-là, sa compagne ne pouvait passer près de lui sans lui glisser la main dans les cheveux, sans déposer un baiser sur son épaule lorsqu'elle le croisait nu dans la chambre ou le couloir...

Désormais, Alexandre reste rarement nu quand il circule dans l'appartement, les enfants présents. Il n'est pas pour le nudisme, qu'il considère comme de l'exhibitionnisme ; les corps-devant-corps avec les petits le gênent. Il est conscient d'exposer son membre, sa virilité, mais aussi quelques défauts comme un début de bedaine, et les fameuses poignées dites d'amour... Il préfère dissimuler ces insuffisances, ne les découvrir que dans la chambre conjugale, la salle de bains.

Hélène aussi est moins fière qu'elle l'était de son corps, du moins sur le plan de l'esthétique pure et dure, car si elle est épanouie, d'une santé admirable, reste que sa silhouette présente ci et là quelques fléchissements ; ainsi elle se voûte, est plus large de bassin que de poitrine, et il devine qu'elle n'a plus aucune envie de balader sa nudité devant tous.

Normal.

On se couvre avec l'âge, c'est instinctif, on sait que son corps, cette défroque, a commencé à s'user, et à défaut de le rapetasser — n'est-ce pas ce que font les chirurgiens esthétiques, mais rien que l'idée de ce dispendieux rapiéçage le fait hoqueter de rire ! —, autant s'abriter des regards critiques.

Comme si le sien ne l'était pas sur les autres à la plage ou à la piscine ! Partout où il peut jauger en long et en large l'anatomie de ses contemporains : mieux conservé que lui, le type, ou au contraire vraiment croulant ?

Parfois il commente le spectacle avec Hélène, déplorant tel ou tel délabrement — l'alcool, l'hérédité, la paresse ? — ou, si c'est le cas, jalousant une forme demeurée intacte ! « Comment fait-il (ou fait-elle) ? » On suppute, suppose, tandis que revient de plus en plus souvent la même question : « Elle y est passée ? — Sûrement. — Et lui ? — Ça, je n'en sais rien ; encore l'année dernière, il était contre... »

Ce qu'il en aurait ri, autrefois, avec elle : l'idée qu'on pouvait envisager de se faire charcuter pour continuer à plaire ! Être aimé ! Si on n'intéresse plus, c'est le signal que la saison des amours est passée... L'ère de la passion totale, corps et âme, telle qu'ils l'ont connue ensemble... Sans limites ni réserve...

Il l'a eu, ce bonheur-là, et c'est une chance !

Toutefois, avec Hélène aussi, lors de leur rencontre, ça a été l'amour fou. Avec la même intensité mais quelque chose de plus adulte, une sorte d'urgence — issue de leur mutuelle conscience que le temps jouait contre eux ? — qui, presque tout de suite, leur a fait souhaiter de concevoir des enfants.

Oui, sans lui en avouer le motif, ou alors sous la forme d'un compliment — « Une petite fille qui te ressemblerait, j'en serais fou ! » —, Alexandre observait, détaillait la jeune femme, lors de leurs premiers rendez-vous, en se demandant si elle avait les qualités d'une bonne reproductrice : la santé, l'endurance, l'intelligence, un corps bien découplé, bref, tout ce qu'on risque de transmettre lorsqu'on engendre.

Plus tard lorsqu'on possédera un carnet ADN accessible, comme aujourd'hui une formule sanguine et tissulaire, on demandera à consulter celui de l'autre avant de mélanger ses gènes aux siens en vue d'un enfantement !

Et si ça ne convient pas ? Si, tout en étant amoureux fou, on s'aperçoit que la fécondation va mener à un désastre, si ce n'est à telle ou telle maladie héréditaire, du moins à une faiblesse, à un dysfonctionnement, comme dans les familles consanguines ?

N'est-ce pas ce qui l'a éloigné d'*elle*, autrefois : quelque chose d'impondérable qui lui disait qu'ils ne devaient pas faire d'enfants ensemble ?

Il aimerait savoir maintenant ce qu'il en est d'*elle*, sur ce plan-là. Après tout, *elle* était peut-être stérile, et il l'aurait intuitivement perçu ? Ou bien ils étaient incompatibles, car sans qu'ils eussent jamais pris de précautions, elle n'était pas tombée enceinte.

Tous les mois *elle* souriait, lui disant :

— J'ai envie d'une petite pause, pas toi ?

— Mais pourquoi ?

— Pour que tu te refasses, mon étalon !

En fait, c'était elle qui avait besoin de souffler, de tenir compte de ces douleurs, de ces contractions qu'il lui soupçonnait sans qu'elle s'en plaignît, et qui la rendaient toute blanche, les yeux cernés de bleu, légèrement dolente, encore plus désirable...

— Jusqu'à quand ?

Oui, jusqu'à quel jour ont-ils fait l'amour ? Quelle fut la dernière fois ? Il a bien dû y en avoir une : pourquoi ne s'en souvient-il pas ?

La sortie 34 est annoncée, il va devoir quitter l'autoroute. Le trajet lui a paru court. En fait, il aime rouler ; il peut alors lâcher la bride à sa pensée...

Une des rares choses, dans cette société, qui ne soit pas encore soumise à contravention, surveillance ou inspection : pourtant, si l'on savait ce qui se passe parfois dans la tête d'un conducteur qui respecte sagement les limitations de vitesse !

En lui, c'est pour l'instant le franchissement délibéré de tous les interdits. Car il n'est pas permis, n'est-ce pas, lorsqu'on est marié, de songer voluptueusement, amoureusement à une autre femme.

Eût-elle disparu de votre vie.

Ce n'est pas « bien ». Une forme de tricherie.

Tout bien pesé, il ne trompe pas Hélène ; il attise, affûte ses sens avant de la retrouver, c'est tout.

Ce soir, ils feront la fête. Au lit.

Mais, ce soir-là, à peine allongé, Alexandre tombe endormi. L'amour ne saurait être toujours au rendez-vous.

Hélène sourit avec indulgence lorsqu'elle s'approche du lit où son mari est couché sur le dos, bras en croix, occupant tout l'espace.

« Mon pauvre petit, chuchote-t-elle en posant la main sur son front comme aux enfants quand elle vient leur donner le léger baiser du soir. Tu travailles trop. Allez, repose-toi. On verra demain... »

Quand on est mariés, on se satisfait de ce qu'il existe un demain pour rattraper ce qui doit l'être — c'est une grâce secrète et bienvenue qu'accorde l'état conjugal.

Au cours de l'été et par tous les temps, l'une des principales distractions des résidants de l'île est de se déplacer en voiture, à moto, à bicyclette, rarement à pied, souvent en bateau, de l'une de ses extrémités à l'autre. Transhumance exaspérante pour les indigènes qui se voient brusquement confrontés à toutes les nuisances de la vie dans les grandes villes : bouchons, pollution, perpétuel risque d'accidents.

Il faut dire que la coexistence d'un flux compact de voitures avec une dense flottille de vélos — pour ne parler que d'eux — n'est pas aussi pacifique qu'il serait souhaitable. D'autant moins que les Français, déshabitués de ce mode de locomotion, mais toujours adeptes du système D, se livrent à mille acrobaties sur leurs deux-roues, traversant la chaussée quand cela leur chante, roulant de front à deux ou à trois, transbahutant sur leur porte-bagages ou leur guidon tout ce qui leur vient à l'esprit : enfants, paniers, valises, chiens, planches à voile, petit ou petite camarade...

La police a fort à faire, les ambulances et les pompiers aussi, mais, que voulez-vous, on est en vacances, et si on n'en fait pas qu'à sa tête, que devient la liberté ?

Donc, ce matin-là, la famille Marty décide de quitter La Flotte à vélo pour remonter jusqu'à Saint-Martin, manger des crêpes sur la presqu'île au milieu du port qui a presque tout de l'îlot.

De leur côté, Alexandre, Hélène et leurs enfants éprouvent exactement le même besoin : aller manger des crêpes à Saint-Martin, mais en venant de l'autre sens.

Deux trajectoires ayant la même cible, quasiment aux mêmes heures, celles du début de l'après-midi, ont toutes les chances de se rencontrer à deux tables voisines...

Toutefois, au dernier instant, Alexandre change la donne en décidant de laisser les siens pédaler sans lui, tandis qu'il les rejoindra sur place avec le break afin d'avoir un véhicule sous la main si jamais l'un ou l'autre — Anna, par exemple — n'a pas le courage de refaire tout le trajet en sens inverse.

— Et toi, vieux père peinard, lui dit Hélène, tu vas te contenter de te fatiguer en voiture ? Pourtant, regarde ton ventre : c'est toi, parmi nous, qui aurais le plus besoin de faire du sport !

— Tu sais bien que moi, je me tape mes dix kilomètres quotidiens le matin, à l'heure où les pistes sont désertes. Ensuite c'est la mélasse, et je vous adjure de faire attention, surtout aux rollers... Je vais trembler à chaque coup de sirène !

— Ne t'en fais pas, le rassure Hélène, nous avons de bons réflexes et de bons freins, d'autant plus que tu nous as loué des bécanes de première classe !... On se retrouve à la crêperie ?

— D'accord. Emporte tout de même ton portable, j'aurai le mien !

De son côté, la famille de Camille se livre aux mêmes considérations et se prodigue les mêmes conseils : attention aux autres cyclistes — ces frères ennemis —, ne point aller trop vite, et si l'un lambine à l'arrière, les autres se doivent de l'attendre...

Règles habituelles aux sorties en famille.

Vues d'un satellite, les deux flèches ainsi projetées, doivent obligatoirement, lancées à la rencontre l'une de l'autre, se retrouver au même endroit à la même heure.

Surprenant phénomène ? A moins qu'il n'y ait chez Camille comme chez Alexandre une sorte d'élan secret qui, du moment où ils se retrouvent sur la même île, les pousse à leur insu à foncer l'un vers l'autre ? Un reste de cet instinct qui habite les oiseaux migrateurs, comme les chiens ou les chats qui prennent soudain la route pour aller retrouver leur maître perdu ?

Une allégresse, en tout cas, les soulève tous deux, sans qu'ils lui reconnaissent une autre cause que le plaisir d'être en vacances avec leurs aimés, insoucieux pour l'instant du lendemain, d'autre chose que de la promenade et de ses aléas. Oiseaux des marais, vent doux, joliesse des étendues plantées de vignes, de pommes de terre ou de rangées de pins bordant les pistes cyclables. Avec un clocher surgi au loin comme un amer.

— Je te dis que c'est celui du Bois-Plage !

— Mais non, c'est La Couarde...

Exclamations jetées dans le bonheur de s'empoigner en paroles pour un rien, comme font les chiots, les chatons, tout ce qui s'emploie à comparer ses jeunes forces à celles d'un semblable.

Seul dans la voiture où il est monté trois quarts d'heure plus tard, Alexandre sifflote. Un air qui lui est venu comme ça : *Only you.*

L'important nous vient toujours « comme ça », sur un air de musique.

Pourquoi aussi Camille a-t-elle particulièrement soigné sa tenue : short blanc, pull rayé marine et blanc, bandana rouge — grand classique relevé d'un zeste de charme par la petite chaînette en or qu'elle porte depuis si longtemps qu'elle en a (presque) oublié la provenance — et puis son chapeau de toile beige.

Qu'est-ce qui l'a poussée à ce déploiement d'élégance alors que le reste de la famille s'est accoutré à la va-vite, dans le but de ne pas rater une minute du bonheur de rouler en groupe.

— On est une escadrille ! s'exclame Gilles en dépassant tout le monde.

— Hé, là-bas, doucement, tu nous attends ! le modère son père, bien qu'heureux de voir son fils si fringant.

Pour en revenir à Camille et à Alexandre, ils sont comme ces gens qui se rendent sans le savoir à un rendez-vous d'amour. Conduits par le destin et par une secrète espérance.

Tous nous partons à temps réguliers vers le « grand bonheur » ! Mais, le grand bonheur, ces deux-là l'ont déjà connu... Vont-ils le rencontrer à nouveau ?

Faisons un rêve à leur place...

— Anna !

— Anna !

Sur le port de Saint-Martin, le même prénom fuse presque simultanément, proféré par deux bouches différentes : celles d'un homme, Pierre, et d'une femme, Hélène.

Etonnement furtif des deux familles, suivi d'un sourire complice de table à table tandis que les deux petites filles, qui ont quitté leur place après avoir absorbé leurs crèmes glacées arrosées de Coca-Cola, et qui s'étaient trop approchées du bord du quai, regagnent leurs chaises.

Sans se tromper de table.

Sans non plus paraître se soucier d'avoir entendu leur prénom résonner deux fois, comme s'il y avait de l'écho, ni s'être mutuellement dévisagées.

Ainsi sont les enfants, parfois. Si concentrés sur eux-mêmes, si narcissiques que l'existence d'un autre qui pourrait paraître leur double, leur faux jumeau — les deux fillettes, des blondes aux yeux bleus, se ressemblent quelque peu — ne les intéresse pas.

Théodore non plus n'a prêté aucune attention au fait qu'il y avait dans les parages une autre Anna que sa sœur. Il mangeait sa crêpe, méditant de quémander une gaufre — dont il avait également envie — dès que son père serait arrivé...

Mais où est passé Alexandre, pourquoi tarde-t-il tant ?

Difficile de se parquer dans une ville hyper-fréquentée l'été, puis, quand il a enfin garé sa voiture à l'extrémité du petit port, il musarde : tant de boutiques offrant tant de produits dont une partie déborde et s'expose sur les trottoirs... Amusant : une galerie d'art s'insère entre un marchand de fringues et un autre de souvenirs... Pas si mal, ma foi, les peintres du cru. Couleur, lumière, un réalisme de bon aloi. Ce paysage, si beau dans sa lumière, demande à être représenté quasiment tel quel, ce qu'ont également fait des photographes dont les clichés en couleur ou noir et blanc, très agrandis, ornent la vitrine du marchand d'appareils.

Plus loin, c'est la maison de la presse qui l'attire avec ses nombreux rayonnages comportant beaucoup plus de nouveautés mais aussi d'anciennetés que leurs homologues citadins ! Ici on a de l'espace, on en profite pour faire la fête aux livres, ce qui n'empêche pas de vendre la presse, la papeterie et tout ce qui l'accompagne : stylos — tiens, un Parker comme le sien, laissé à Paris —, encres, blocs, cartes postales en tout genre... L'une, représentant deux canetons suivant leur maman cane, lui fait penser à sa petite famille et il l'achète, ce qui l'oblige à faire la queue et le retarde encore ; il l'offrira en les retrouvant aux siens.

Ceux-ci doivent être arrivés, mais il n'a pas à s'en faire, ils sont occupés à déguster leur première tournée sucrée, l'attendant pour la renouveler... Tout ce qu'enfant on mange en terrasse, dans un café, une pâtisserie, une crêperie, est infiniment meilleur que ce qui est servi à la table familiale, c'est bien connu.

Alexandre se souvient de son bonheur à se retrouver entre ses parents et ses grands-parents lorsqu'il était vraiment tout petit, à La Baule. Il se voit encore, le menton juste à la hauteur de sa coupe de glace ou de sa portion de fraises à la crème... Tout ce monde, attentif, le regardant engloutir et se barbouiller avec un sourire d'admiration, de tendresse, d'indulgence... Quel bonheur, quelle chance, avaient-ils l'air de penser, notre rejeton apprécie les vrais plaisirs de la vie ! Cette vie qui nous fait tant de vilaines blagues à nous, désormais, en attendant de nous obliger à la

64

quitter... Au moins, lui, il l'a bonne et entière. Consolation pour les vieux !

Plus tard, il a savouré ses premiers cafés pris en terrasse, ou alors dans le recreux d'une banquette de cuir ou de Skaï avec les copains de son âge, des adolescents dont la voix muait et qui parlaient tous en même temps de la façon dont ils allaient changer le monde. Ou l'anéantir, ce qui pour eux revenait au même...

Après, ce fut Camille.

La première fois qu'il l'a invitée à « prendre un verre », il l'a tout de suite désirée, sans pour autant se l'avouer... Il aimait être près d'elle, à admirer le grain de sa peau, et il avait trouvé un prétexte, une miette du plat qu'elle mangeait, qui s'était accrochée au duvet de sa lèvre supérieure, pour y passer un doigt léger : « Vous permettez... »

Elle n'avait dit ni « oui » ni « merci ». Seulement souri.

Ce qui était amplement suffisant pour ce jour-là.

Plus tard, alors qu'ils vivaient ensemble, aller prendre une consommation dans un lieu public leur était toujours un plaisir, le signe que tout allait bien, puisqu'ils pouvaient s'offrir cet instant de pause, de récréation, et aussi parce qu'ils jouissaient de se dire, en plein milieu de la foule, qu'ils allaient bientôt se retrouver seuls, nus l'un contre l'autre, dans un merveilleux tête-à-tête. Leur plus grand bonheur.

A moins que ce ne fût lui seulement qui le jugeât tel ? Il n'en avait jamais parlé avec Camille, supposant qu'elle ressentait la même chose, comme il leur était coutumier.

Là encore, qu'en savait-il ?

Sous prétexte qu'on vit en accord dans les gestes, les besoins — de manger, dormir, baiser, aller se baigner —, on est persuadé de penser la même chose...

Qu'en était-il au juste ?

La suite a prouvé qu'à un certain moment, elle et lui ont dû diverger...

Mais il rêve, traînasse, puis décide soudain d'accélérer le pas, gêné alors par la foule des touristes qui,

65

eux, continuent de flâner, et, quand il arrive devant la crêperie où Hélène et les enfants s'exclament : « Enfin qu'as-tu fait, traînard ! », Camille, elle, a disparu.

Comme autrefois.

Seulement, Alexandre, qui a trop tardé, ne sait pas qu'elle était là et qu'elle n'y est plus.

D'où lui vient alors cette brume de tristesse ?

Peut-être du fait qu'une autre journée s'achève, sans elle.

Pour employer un terme familier aux agents secrets, le « contact » fut pris quelques jours plus tard, mais uniquement entre les deux femmes et les quatre enfants. Tropisme, là aussi ? Effet d'une taquinerie astrale qui les aurait poussés à aller à la rencontre les uns des autres ?

C'est sur une plage peu fréquentée en août, alors que la foule estivale s'est donné pour tâche, dirait-on, de tapisser de draps de bain fleuris jusqu'au moindre recoin sableux de l'île, que les deux femmes entraînent leurs enfants. Un site rocheux situé derrière la forêt du Lizay, connu seulement de quelques amateurs que ne rebutent pas un rien de marche à pied, ni le fait de rencontrer de-ci de-là non pas un intégriste, mais un *intégral*, c'est-à-dire un nudiste !

Les hommes, eux, étaient ailleurs.

L'un, Alexandre, demeuré à la maison pour répondre par fax à des questions prétendument urgentes dont l'assaillait la turbulente Carole. Quelques-unes concernant l'achat de la maison du Midi.

Quant à Pierre, il lézardait au soleil dans la cour fleurie de roses trémières en train de se flétrir — passagères comme toutes les splendeurs, ces plantes annuelles, gigantesques en quelques semaines, ne tiennent que de la fin juin au tiers juillet.

Ce matin-là, il avait battu son record kilométrique à vélo : trente bornes ! D'où son besoin d'un repos qu'il estimait mérité.

Les enfants, eux, étaient toujours partants pour la

baignade, quels que fussent le temps et la température.

— Pierre, tu ne viens pas nager avec nous ?

— Je la trouve un peu froide, pas toi ?

— Fraîche, mais tellement vivifiante... Viens te faire du bien.

— A force de se faire du bien, on ne sera plus tenables au retour : de véritables vibrions...

— L'idée t'en déplaît ?

— Non, mais...

Comment lui avouer qu'il vient de prendre en option une maison sise sur une terre plus chaude que celle-ci, dans l'arrière-pays varois, entre Bandol et Le Castellet ?

Chaque chose en son temps.

Et quel est le couple qui, sans vraiment mentir, ne pratique pas l'art du retard dans la délivrance des informations ? « C'est une politique et non une physiologie du mariage que Balzac aurait dû écrire ! » se dit Alexandre, délaissant le fax pour s'étendre sur son lit en vue d'une sieste, comme il est d'usage dans le Midi au cœur de la journée.

Avec *elle*, Camille, c'était une pratique voluptueuse. Comme on dort bien après le plaisir... Une part de la substance masculine continuant à s'insinuer dans le corps de la bien-aimée, remontant jusqu'à ses parties les plus secrètes... Comment se fait-il qu'elle ne soit pas alors tombée enceinte ? A croire qu'elle prenait secrètement la pilule... Est-ce dire qu'elle ne voulait pas d'enfant de lui ?

Alexandre, qui s'assoupissait, sursaute, puis se rassérène : mais non, c'est lui, d'un commun accord avec elle, qui avait remis à plus tard le fait de se multiplier...

Croissez et multipliez... Bon, il l'a fait avec une autre, c'est aussi bien, ses premiers souvenirs d'amour en sont demeurés ceux d'un tête-à-tête enchanté...

A propos, on ne parle jamais de ce qui s'est passé entre Adam et Eve, si amoureux au début de la Création, lorsqu'ils se sont retrouvés au milieu d'une ribambelle de descendants plus ou moins civilisés, parfois plus que barbares : meurtriers ? Etait-ce cela, la « chute », la punition divine : devenir « parents » ?

« Alexandre, mon vieux, tu déconnes ! » — et de sombrer dans l'inconscience heureuse, une main sur son ventre, l'autre sur celui d'un fantôme...

— Maman, on n'est pas tout seuls !
— Eh bien, tant mieux, c'est plus drôle d'être à plusieurs dans la mer, vous ne trouvez pas ?

Pourquoi faut-il passer son temps à expliquer aux enfants qu'une situation nouvelle est meilleure que celle qui était prévue ou à quoi ils s'attendaient ! Il faut les voir à table, au restaurant : « C'était pas de cette couleur, la dernière fois... » Plus tard, certains de ces conservateurs-nés iront explorer la Lune ou l'infiniment petit, ou tenteront de vivre avec un représentant du même sexe qu'eux en adoptant un enfant de préférence d'une autre couleur. Fini, alors, le conformisme enfantin !

— Elle a l'air charmante, cette petite fille. N'est-ce pas celle qu'on a déjà vue, je ne me rappelle plus où...
— Moi je sais ! s'exclame Gilles qui n'est pas un mâle pour rien. C'était à Saint-Martin et elle s'appelle Anna.

« Tiens donc ! » se dit Camille, interloquée que son fils se souvienne si bien de ce qui lui échappe. Ce qu'ils nous dépassent vite...

Vingt minutes plus tard, les quatre enfants batifolent gaiement dans la mer, chacun tentant de prouver à l'autre qu'il plonge plus profond, nage plus vite, crie plus fort, tandis que les deux mères échangent de loin des sourires complices.

Guère plus.

Elles ne se connaissent pas, n'est-il pas vrai, et n'ont rien en commun, si ce n'est — hasard, mémoire, doigt de Dieu ? — le prénom de leurs filles respectives.

Hélène est blonde.

Les femmes blondes ont quelque chose de dia-
phane, voire d'irréel — sauf peut-être les walkyries,
à considérer à part —, qui fit qu'un monarque absolu
comme Louis XIV s'éprit follement de Mlle de La
Vallière, sa première passion, puis de Mme de Mon-
tespan. Les blondes sont des aristocrates-nées,
comme les roses blanches surpassent à l'évidence,
dans un parterre, toutes les roses colorées. Pareillement on traite les filles blondes — qui apparaissent
comme l'incomparable ornement du massif mascu-
lin — autrement que leurs sœurs brunes, rousses ou
noires...

Est-ce la raison pour laquelle tant de femmes, surtout lorsqu'elles vieillissent, se décolorent en blond ?
Dans l'espoir de se donner aux yeux des hommes,
que l'apparence abuse si facilement, ce lustre et cette
suprématie qu'en réalité elles n'ont pas et qui ne
s'acquièrent aucunement par l'artifice ? Il ne suffit
pas de le désirer pour être *blond all over,* comme
disait d'elle-même Marilyn Monroe ; c'est une grâce
naturelle et, pour une fois, l'art, qui peut tout, n'y
peut mais.

Oui, Hélène est blonde. Lorsqu'il l'a choisie, distin-
guée pour être l'amour de sa maturité et la future
mère de ses enfants, Alexandre ne s'est pas dit que
c'était à cause de cette dorure qui la sortait du lot des
beautés de son entourage. Quelle splendeur, pourtant ! Jusqu'après la naissance d'Anna — d'un doux
châtain doré —, Hélène a porté longs ses cheveux

pâles. D'abord jusqu'à la taille, puis jusqu'aux omoplates, flottant au vent comme la queue batifolante des plus ravissantes pouliches, enfin « à l'ange » : ainsi baptisait-on, du temps de Mme Récamier, une tête féminine auréolée d'une grosse masse bouclée. Car elle frise naturellement, la garce...

Reste que la claire Mlle de La Vallière, après avoir régné sur le cœur d'un jeune roi, l'a perdu au profit de dames plus piquantes, mieux armées, justement peut-être parce qu'elles ne possédaient pas cet atout naturel qu'est la vraie blondeur et qu'il leur fallut compenser par la lutte armée.

Hélène n'a pas eu à se battre pour conquérir Alexandre ; c'est lui qui est venu à elle, l'a courtisée, conquise — et non pas séduite — avant de l'installer à sa juste place dans sa vie à lui : la première.

Leur mariage, applaudi par leurs amis communs, a paru comme une assomption, véritablement un sacre. Les anciens amoureux d'Hélène ne pouvaient que s'incliner et se réjouir de voir cette femme de qualité entre les bras d'un homme aussi déterminé qu' « Alexandre le Grand », comme on le surnommait parfois.

Rentrant chacun chez soi après les noces, les participants à la cérémonie avaient le sentiment qu'une chose au moins était en place sur cette planète où si peu l'est désormais, du moins pour longtemps.

Un an plus tard, Anna est née, petit bout rose et ravissant, mais qui, vu sa couleur de cheveux, ne pouvait devenir une rivale pour sa mère, comme le sont tant de filles ! Ensuite Théodore, dit Théo, le petit mâle immédiatement amoureux de sa maman.

« Il a ouvert les yeux, raconte Alexandre, il a vu Hélène penchée sur lui et il a dit : "Je t'appartiens, Maman ma dorée..." Je vous jure, je l'ai entendu ! Puis le petit bébé s'est rendormi après une bonne première tétée, et il a attendu ses trois ans pour le lui répéter avec les mêmes mots... Mais si, je vous jure ! »

En somme, un conte de fées où chacun a son rôle

et le joue à la perfection. Sans une faute, sans bavures...

Alexandre ne trompe pas Hélène — ou si peu, lorsqu'il est loin, en voyage d'affaires, trop longtemps seul, comme n'importe quel mâle qui a besoin de se garder en chauffe. Quant à Hélène, imagine-t-on l'idole descendant de son socle pour entrer dans le lit... de qui ? Du meilleur ami de son mari, du boucher, de son coiffeur ? Non, personne ne pourrait soupçonner la blonde idéale d'une défaillance quelconque ! D'ailleurs, quand Alexandre n'est pas là pour la défendre et la protéger de tous les autres mâles, Théodore s'en charge. Et comment ! A dix ans, on sait avoir l'œil et le bon, plus quelques formules lapidaires qui désarçonnent l'éventuel assaillant...

Mais quinze ans ont passé depuis leur union et l'ennemi est arrivé, pénétrant par où on ne l'attendait pas : de l'intérieur. Cela s'appelle l'âge. Sans vouloir l'avouer ni le reconnaître, Alexandre se sent vieillir, changer.

Est-ce le flot de dissertations sur les méfaits du vieillissement dont nous abreuvent quotidiennement journaux et médias pour tenter de nous vendre dans la foulée les — prétendus — moyens d'y remédier ? Alexandre a commencé à se préoccuper de sa souplesse — peut-il toujours toucher le bout de ses orteils avec ses doigts sans plier les genoux ? —, du nombre d'étages qu'il escalade encore d'une traite sans souffler, du temps qu'il met à s'endormir, des performances de sa mémoire, de sa capacité de concentration...

Toutes choses dont il ne s'est absolument pas soucié pendant plus de trente ans : la machine fonctionnait et, puisqu'il la traitait bien, sans tabac, sans abus d'alcool, continuerait sûrement d'obéir et marcher au même rythme.

Mais, aujourd'hui... Se fait-il du souci pour rien ? Il lui semble qu'il baisse... La vue, d'abord : il est devenu presbyte, un peu. « Ce que les lunettes te vont bien, Pap ! » s'est exclamée Anna, la flatteuse, la première fois qu'il a sorti de sa poche la monture façon écaille enchâssant les verres censés lui permettre de lire autrement qu'à bout de bras.

Hélène a seulement souri : plus jeune que lui, elle a encore du temps devant elle, sans compter que, depuis peu, elle prend des hormones, traitement qui prolonge en principe indéfiniment la féminité si on le tolère. Mais là aussi, c'est avec grâce et facilité qu'Hélène le supporte !

Evidemment, le grand problème, pour les mâles, c'est le sexe, l'érection. Où en est Alexandre de ce point de vue ? Panne de testostérone — tout le monde connaît le mot, de nos jours — ou panne de désir ?

En cela résident l'inconnu, le mystère de la vie. L'énigme.

L'inguérissable blessure.

Only you... You're the one...

Que de fois, au son de ces berceuses universelles, chansons de nourrices pour adultes, Alexandre et Camille n'ont-ils pas dansé dans les bras l'un de l'autre ?

A l'abri — à ce qu'il semblait, du moins — de tous les malheurs du monde, protégés contre le mauvais sort, les calamités, la difficulté de vivre...

Dans l'œil du typhon, ce lieu du calme parfait où se réfugient parfois quelques oiseaux aspirés par l'ouragan. Hélène était heureuse, mais savait aussi que la tranquillité, dans une existence, il n'est rien de plus précaire.

D'ailleurs, sans le laisser paraître ni aux enfants, ni à Alexandre, elle tremblait. A douze ans, elle avait vu sa mère fracassée par la mort subite de son mari, son père à elle. Jamais la déchirure ne s'était réparée ; cet homme — que sa disparition avait permis d'idéaliser — n'avait pu être remplacé auprès des deux femmes... Point de beau-père : Hélène avait été chargée — c'était lourd — de tenir lieu de tout à sa propre mère. Et lorsqu'elle l'avait quittée pour épouser Alexandre, ça n'avait pas été sans culpabilité, bien que sa mère eût paru accepter sans broncher ce nouvel état de choses.

Mais qu'en avait-elle pensé au fond d'elle-même ? Qui sait si elle ne leur avait pas jeté un mauvais sort, par désir inconscient de se venger après s'être sentie à nouveau abandonnée... ?

Pourvu qu'il n'arrive jamais rien à Alexandre !

Ni aux enfants...

Hélène ne peut lire dans les journaux l'annonce d'un accident survenu à des écoliers, en classe, en excursion, sur un passage clouté ou ailleurs, sans que son cœur se serre d'effroi, d'appréhension.

Là encore, elle étouffe et dissimule ses craintes, tant il est mauvais pour les enfants d'avoir une mère qui claque des dents à leur propos — autrement dit, qui ne leur fait pas confiance.

« Va vers ton désir » — telle devrait être la devise au sein des familles.

Son désir à elle, Hélène, y pense-t-elle parfois ? Longtemps elle s'est satisfaite des cadeaux que lui faisait la vie : Alexandre, d'abord, ce beau jeune homme convoité par toutes les autres filles, venu spontanément vers elle... Elle se souvient encore du soir où il l'a embrassée pour la première fois. Elle est rentrée à la maison si illuminée que sa mère s'en est aperçue :

— Mais que t'arrive-t-il ? Tu as rencontré le prince charmant ?

Hélène a souri :

— Oui, Maman, je le crois.

— Cela n'existe plus de nos jours, n'y compte pas trop !

Pourtant c'était vrai : quelques semaines plus tard, Alexandre la demandait en mariage, tout ébloui qu'elle lui dise « oui » sans jouer la coquette.

C'est qu'Hélène ne l'est pas. Elle soigne son corps, sa beauté, mais sans y attacher une importance démesurée, sa mère ne l'ayant pas flattée sur ce plan-là. Si elle avait connu son père à l'âge de la puberté, peut-être ce premier homme de sa vie lui aurait-il fait les compliments qui mettent les filles en beauté pour le reste de leurs jours ! Mais point de père, d'oncle ni de parrain...

Quant à ses premiers flirts, il y a beau temps que les garçons ne savent plus guère tourner le madrigal, ce qui fait qu'Hélène se jugeait convenable, assurément, agréable à regarder, mais sans plus.

Toutefois, est-ce l'effet d'une anxiété qui la rongeait à son insu ?, la première ride, les premiers cheveux blancs l'ont épouvantée. Si Alexandre allait non pas ne plus l'aimer — de son amour elle était sûre —, mais ne plus la préférer ?

Hélène, la belle Hélène, commença de connaître ces affres, ce tourment secret et maléfique qui s'appelle la jalousie.

Cela se manifesta d'abord sournoisement et presque en dehors d'elle. Elle trouva des prétextes pour ne plus inviter chez eux les femmes de son âge. Non qu'elle les craignît, Alexandre les connaissait depuis longtemps et n'en était guère ébranlé, mais elles avaient des filles, des minettes de quinze ans et plus qui commençaient toutes à jouer les « effrontées », d'après le titre d'un film où l'héroïne, de cet âge-là, n'hésite pas à sauter sur le grand mâle au poil gris ! A croire que, pour elles, c'est le jeu le meilleur : faire tomber l'homme qui a l'âge de leur père... Pour le lâcher aussitôt après, bien sûr, mais le méfait est commis, et la douleur — chez l'épouse trompée — aussi irréparable que persistante...

Une femme mûre n'a aucun moyen de lutter contre un « fruit vert ».

S'en ficher ? C'est ce que semblaient penser les autres femmes lorsqu'elles parlaient de ce danger devant elles. « Je lui souhaite bien du déplaisir, à mon homme, s'il se laisse agripper par l'une de ces petites salopes sans pudeur... Déjà le ridicule, sans compter les maladies... »

Il n'empêche que certains succombent, c'est-à-dire divorcent pour partir avec la quasi-adolescente. Et les épouses s'effondrent, quoique réconfortées par leurs paires : « Ne t'en fais pas, à la première alerte cardiaque il te reviendra... C'est qu'il ne faut pas leur en promettre, à ces dévergondées, il leur en faut plusieurs fois par jour, sans compter les virées nocturnes dans les boîtes jusqu'à l'aube ! S'il ne déclare pas forfait, c'est elle qui le plaquera... »

Un processus dans lequel Hélène n'aurait voulu être entraînée pour rien au monde.

Ce qui ne l'empêchait pas de remarquer et regarder toutes les filles trop jeunes — trop », oui — avant même qu'Alexandre les ait vues. Puis de le sonder pour vérifier s'il avait noté leur amorce de manège. La plupart du temps, il semblait sincèrement ébahi :

— Tiens donc, la petite Sylvie va avoir quinze ans ? Jamais je ne m'en serais douté ! Pour moi, c'est encore le bébé qui s'amusait à me tirer les cheveux...

En tout cas, il n'est pas pédophile, certes non !

Mais il aime incontestablement les jolies jeunes filles. Sinon, il n'aurait pas recruté Carole pour lui servir de secrétaire « rapprochée ».

Hé oui, depuis le premier jour, Hélène est jalouse de Carole.

En quoi elle se trompe, car l'ennemie n'est pas du tout Carole, mais une femme de son âge à elle, qui n'est pas blonde, qui n'a pas non plus le charme mystérieux de l'inconnu — Camille est-elle vraiment belle, d'ailleurs ? — puisqu'elle vient du fin fond du passé.

Comment lutter contre le passé ?

Toutes les femmes qui ont essayé s'y sont cassé les dents.

Mais Hélène ne s'inquiète pas pour l'instant, car elle ignore que le combat a commencé.

La preuve est pourtant là — Hélène ne le sait pas non plus : pour la première fois de leur vie commune, Alexandre lui ment.

Se lever seule, faire seule sa première toilette, puis réveiller Anna et Théo afin qu'ils se préparent pour la classe, est loin d'être déplaisant, s'aperçoit Hélène. Elle se sent rentrer dans ses gestes comme il arrive après une période de maladie et de confinement : au début, elle hésite encore un peu, puis l'envie la prend d'aller de l'avant, à son rythme, à son gré... D'autant plus vivement qu'elle n'a pas de permission à solliciter.

— Les enfants, ce soir, je vous emmène au restaurant !

— Au McDo ?

— Ça non ! Vous savez que votre père n'aime pas...

— Mais, puisqu'il n'est pas là...

— Raison de plus pour ne pas faire ce qui lui déplaît, ce serait moche ; on ira au bistro du coin, chez le père Cagnat.

C'est elle, en fait, qui a envie d'une vraie table, avec une vraie nappe, et puis une certaine dose d'attentions... Est-ce parce que tout son être le sollicite comme une terre asséchée réclame la pluie, qu'Etienne Froste, le patron, lui manifeste une sollicitude particulière, cet après-midi-là :

— Je vous trouve bien en forme, Hélène. Est-ce la perspective de voir arriver Mrs William-Baur ?

Hélène éclate de rire :

— Vous savez bien, Etienne, que cette cliente fait tout pour m'exaspérer... Elle vient discuter de meubles d'art comme de canapés ou de lavabos : Est-ce que la couleur ira ? N'est-ce pas trop large, trop petit pour ses pièces ? et de convoquer son chauffeur pour lui demander son avis et faire appel à sa mémoire...

— Lequel chauffeur vous drague, si je me souviens bien !

— Juste pour embêter sa patronne, l'œil braqué non sur moi, mais sur sa voiture garée en double file... Non, il n'a aucune intention particulière à mon égard...

— Pourtant, vous en méritez, belle Hélène ! Et beaucoup. Où allez-vous, ce soir, pour être aussi rayonnante ?

— J'emmène les enfants au bistro du coin, Alexandre est parti en voyage.

— Sans vous ?

— C'est fréquent... Son travail...

— Tandis que votre travail à vous, pauvrette, ne vous entraîne pas plus loin que la rue des Saints-Pères...

— J'adore me retrouver ici.

— Tant mieux... Et si je vous accompagnais ?

— Où ça ?

— Au bistro...

— Etienne... C'est un établissement plus qu'ordinaire : bifteck et purée...

— S'il est assez bon pour vous, il l'est pour moi. Et j'ai grande envie de me retrouver dans des lieux simples... où l'on mange de la purée de pommes de terre, comme dans mon enfance... Je serai votre troisième enfant.

Comment dire non ? ou plutôt : pourquoi ?

Soudain, Hélène éprouve le besoin d'être accompagnée, regardée aussi, et elle se demande déjà ce qu'elle mettra pour aller dîner avec ses « trois enfants »... Son jeans, bien sûr : ils auront ainsi l'air d'avoir le même âge, tous les quatre... Etienne, avec ses soixante ans, peut se montrer très primesautier quand il ne s'énerve pas contre le marché, les clients, les salles des ventes et leurs coups fourrés...

Alexandre n'a pas téléphoné, ni hier ni ce matin. Il l'avait prévenue de ne pas espérer l'entendre jusqu'au lundi matin. Son client doit l'emmener... où, déjà ?... Ça n'était pas clair. Elle a entendu parler de bateau, puis de propriété isolée... Dans le Lubéron, les Landes ?... Pas clair non plus ! Peut-être prendront-ils un petit avion privé pour se rendre de l'un à l'autre... Allez savoir, avec les trop riches...

De toute façon, il était manifeste qu'il n'avait pas envie de lui communiquer point par point ce qu'il était en train de faire. Tout comme elle n'aurait pas envie, s'il appelait, de lui raconter qu'elle se prépare à dîner ce soir avec Etienne.

Pour la première fois.

Elle le lui dira après.

De toute façon il y a les enfants, lesquels s'empresseront de narrer leur soirée à leur père. Elle tâchera de le faire avant eux. Ce sera plus...

Plus quoi : correct ? prudent ? habile... ?

C'est bien la première fois qu'elle calcule pour rendre compte de ses faits et gestes à Alexandre. Sauf lorsqu'elle complote son anniversaire — ce qui demande quelques cachotteries —, elle lui dit tout au fur et à mesure, et même le prévient souvent à l'avance...

Lui aussi, semble-t-il. Leurs pensées se déroulent en parallèle, comme il en va de leur vie quotidienne.

Mais leur vie profonde ?

Mrs William-Baur vient d'entrer, escortée d'un svelte jeune homme brun aux yeux très bleus et à l'air renfrogné.

— Chéri, venez voir ces chandeliers. Ils vous plaisent ? Je comptais les mettre sur la cheminée, dans la chambre...

Hélène sait qu'elle a intérêt à sourire à « Chéri », seule façon de le convaincre que les chandeliers sont ravissants, voire parfaits. Mais point trop d'amabilités non plus, car Mrs William-Baur a l'œil. Elle peut se draper d'un coup dans sa cape et disparaître avec le chéri du moment et, ce qui est pire, son carnet de chèques. Etienne en voudrait à Hélène :

— Elle était décidée, c'est pour ça qu'elle est revenue, et ce n'est pas les chandeliers qu'elle voulait, c'était la bibliothèque... Je lui aurais fait un prix et elle se serait laissé convaincre de prendre les fauteuils dans le lot... Plus les chandeliers, bien sûr, afin d'avoir une lumière plus douce près du lit pour le cas où...

Oui, Etienne sait vendre, le client paie et emporte la marchandise sans même s'apercevoir qu'il l'a achetée !

Mais, en ce moment précis, c'est lui qu'il tente de vendre ! A Hélène. Laquelle, sans qu'elle en soit encore consciente, n'est plus ni protégée, ni défendue par Alexandre.

Lequel est ailleurs. Dans une autre vie.

Echapper à la vigilance de sa famille, ne fût-ce que huit jours, requiert une certaine dose d'imagination et d'invention. Toutefois, Camille avait eu le temps d'y réfléchir au cours des quelques jours où elle avait précédé Pierre et les enfants à Paris au retour des vacances, et son plan tenait la route.

D'autant qu'elle attendit la fin septembre, que tout le monde fût bien réinstallé dans ses marques, l'un au bureau, les deux autres en classe, pour l'exposer.

Elle invoqua un mal de dos persistant — symptôme invérifiable — justifiant de consulter un ostéopathe aux mains magiques qui se trouvait établi du côté d'Hyères, presque un rebouteux en dépit de ses diplômes, un magnétiseur-né... C'est une amie qu'elle n'avait pas revue depuis longtemps, et sur laquelle elle était tombée par hasard au Monoprix des Champs-Elysées, qui le lui avait indiqué en l'invitant même à séjourner chez elle, puisqu'elle habitait tout à côté de ce guérisseur très demandé. Toutefois, cette amie s'était fait fort de lui obtenir des rendez-vous pour un traitement d'une semaine, c'était ce qui était exigé pour obtenir un résultat, elle y était parvenue et attendait maintenant Camille, qu'elle hébergerait dans sa fermette — c'en était une — avec eau mais sans électricité ni téléphone. Cette ancienne camarade d'université était devenue écolo, branche dure !

Il est exact que Camille avait autrefois parlé à Pierre d'une certaine Violette Meyrins qu'elle avait effectivement connue à Paris, puis avec Alexandre du temps qu'ils séjournaient derrière Bandol.

Mais ce qu'était devenue Violette, elle n'en savait rien...

Tout passa comme une lettre à la poste, c'est le privilège de ceux qui ne mentent jamais : leur échafaudage, fût-il le plus extravagant, est aveuglément accepté. Et elle se tenait si bien le dos courbé, ne s'allongeant dans le lit qu'avec mille précautions, cherchant les chaises à haut dossier pour s'y asseoir à angle droit, que nul ne pouvait la suspecter de mimer la douleur.

Evidemment, il n'eût pas fallu la voir courir comme une chèvre pour se précipiter dans le TGV en partance pour le Midi... En jeans et blouson de cuir, un seul sac à l'épaule : une jeunesse !

C'est aussi l'effet qu'elle fit à l'agence immobilière où l'on eut du mal à accepter l'idée qu'elle était Mme Marty, cette personne respectable, à en croire ses précédents courriers, secrétaire médicale, qui leur avait loué la maison dans les vignes pour une semaine.

Après qu'elle eut sorti sa carte d'identité et surtout son chéquier pour payer d'avance, tout s'arrangea et c'est un jeune homme qui fut chargé de la conduire sur les lieux.

Camille, qui aime d'ordinaire entrer en relation avec les gens de rencontre, ne dit mot. Elle tient à observer, contempler le paysage, avide de reconnaître ce qui est resté inchangé : le port, heureusement, certaines maisons, pas toujours les carrefours... Ah, le vieux moulin est encore là, dans le tournant, toutes portes et fenêtres closes, inhabité — à vendre même, précise un écriteau.

C'est la seule question qu'elle pose, sur un ton neutre :

— On trouve des maisons à vendre ?

— Quelques-unes, madame. Ainsi, celle que vous avez louée vient de trouver un acquéreur.

— Ah, et qui est le nouveau propriétaire ?

— Je ne sais pas.

— Vais-je le voir ?

— Je ne pense pas, vous êtes locataire, et le temps de votre séjour, vous n'aurez affaire qu'à nous.

C'est déjà ça, même si, avant d'avoir vu la maison, Camille regrette déjà de la savoir à d'autres... Encore plus lorsqu'elle l'aperçoit !

Oui, c'est tout à fait le même type de maison que les diverses habitations qu'elle a connues autrefois avec Alexandre. La disposition, l'arbre de la cour, les pierres sèches, les vignes autour, l'encastrement dans un terrain en pente, ce qui fait qu'on entre au rez-de-chaussée par-devant, et directement au premier étage par-derrière...

Elle n'a nul besoin d'écouter les renseignements fournis par le jeune employé de l'agence, elle sait mieux que lui où se trouvent les pièces, les cabinets, le compteur d'eau, comment faire fonctionner les serrures... Un bond en arrière de vingt ans, ça n'est qu'une pichenette, presque rien !

— Le village n'est pas loin, pour le ravitaillement. Il y a une épicerie, et certains commerçants, si vous le leur demandez, peuvent passer chez vous tous les jours. Ainsi pour le pain, par exemple. Je crois toutefois qu'il y a une bicyclette dans l'appentis... Evidemment, comme vous le savez, le téléphone n'a pas été installé — exprès —, ni la télévision.

— Je suis prévenue, et cela me convient parfaitement.

Maintenant, qu'il s'en aille !

C'est aussi le souhait du garçon qui paraît mal à l'aise dans ce décor pour lui plus que suranné, inacceptable... Louer des bicoques pareilles doit lui paraître au-dessous du standing de son agence ! Enfin, il en faut pour tous les goûts ; d'ailleurs, la maison étant vendue, il n'aura bientôt plus à s'en occuper...

Sa voiture, une petite Clio verte, démarre en trombe sur le chemin pierreux.

Camille avait posé son sac sur le muret de la cour. Elle va s'y asseoir, se tait, se concentre.

Elle n'entend que les cigales. Un peu la route, mais si loin...

D'un instant à l'autre, Alexandre va apparaître. La Camille de ses vingt ans ne vient-elle pas déjà de resurgir ?

Pour ce qui est d'Alexandre, se rendre dans sa nouvelle maison, celle qu'il vient d'acheter en cachette
de sa famille, n'a pu se faire que clandestinement.

Un mensonge — moins gros que celui qu'a dû
inventer Camille — le lui permet :

— Un de mes meilleurs clients vient d'être victime
d'un accident de la route. Il ne peut se déplacer pour
l'instant et me demande de descendre le voir à Toulon. Vu nos affaires en cours, c'est impératif. Tiens,
j'en profiterai pour aller visiter quelques baraques...
Cela ne vous plairait pas, d'aller séjourner un petit
peu dans le Midi, mettons à Pâques, quand la mer
est si froide sur la côte atlantique ? Si ça vous plaît,
on pourrait aussi y revenir en été, quand il y a trop
de monde à Ré...

— Comme s'il n'y avait pas foule dans le Var ! marmonne Hélène qui, d'origine bretonne, préfère à tout
son Océan.

Les enfants, eux, sautent de joie :

— Bravo, chic ! On ne connaît pas le Midi, il paraît
qu'il y a des mimosas et que l'eau y est tout le temps
bleue !

— Et chaude !

— Autant que dans ma baignoire, Papa ?

— Pas tout à fait, sourit Alexandre, heureux
d'avoir suscité l'enthousiasme chez les enfants, et
plus encore trouvé le moyen d'aller séjourner seul,
quelques jours, dans le pays derrière Bandol, là où
il possède une maison qu'il ne connaît pas encore.
Puis, à l'intention d'Hélène : « Je ne sais pas où je

coucherai, peut-être chez le client. Appelle-moi sur mon portable. J'espère que ça passe, là-bas... »

S'il ne tient pas à être dérangé, il aura toujours la ressource de couper la ligne. La messagerie suffit pour rester en contact au cas où on aurait besoin de lui. Quoi qu'il fasse, un père de famille garde un fil à la patte, que celui-ci soit téléphonique ou autre...

En ce temps-là — autrefois —, il était libre, totalement libre...

Et puis, d'un seul coup, voilà que cet autrefois est à nouveau là !

— Vous arrivez bien, monsieur, lui dit-on à l'agence. La locataire vient juste de partir ; elle est passée il y a un quart d'heure pour nous rendre les clés... On va vous accompagner chez vous.

Chez lui ? L'expression lui plaît, à lui qui jusqu'ici n'a connu que des maisons de location.

Il demande à suivre avec sa voiture, louée à Toulon, celle de la jeune employée de l'agence, et, lorsqu'ils arrivent en vue de la petite maison, à peine visible sous le gros micocoulier, il insiste pour qu'elle lui remette les clés :

— Merci, je n'ai plus besoin de vous ; cela m'amuse de découvrir ma maison tout seul...

— Mais, monsieur, pour réussir à ouvrir et vérifier s'il n'est pas besoin d'une femme de ménage après le passage de cette dame...

— Mademoiselle, entrer en possession d'une maison qu'on vient d'acheter, c'est comme un premier rendez-vous d'amour... On n'a besoin que d'être deux : la maison et soi. Vous êtes bien d'accord ?

La jeune fille sourit, complice ; elle croit deviner ce que veut dire ce bel homme aux tempes argentées quand il parle d'amour, et regrette d'autant plus de ne pas l'accompagner plus loin...

— Si vous avez besoin de moi, n'hésitez pas à m'appeler...

— Bien sûr !

Un sac de cuir marron à l'épaule, Alexandre est

déjà sur le petit sentier qu'on ne peut emprunter qu'à pied.

Il lui semble qu'il a retrouvé ses jambes de jeune homme. La clé fonctionne du premier coup dans la serrure neuve — seul élément modernisé de cette ancienne maison de vigneron.

L'agence ne l'a pas trompé, c'est exactement ce qu'il désirait : quelle tranquillité, quelle force !

Une belle chambre, au premier, avec une minuscule ouverture du côté du midi : on savait y faire, autrefois, pour se protéger contre la chaleur, le vent — l'extérieur, en fait... Pour que la maison, l'abri soit comme un monde en soi, un antre, un nid, un refuge.

Un lieu d'amour...

Dans la pièce de séjour, sur la grande table en bois de chêne, avec ses quatre pieds bien solides, une coupe en verre ordinaire. Appartient-elle à la vaisselle laissée pour compte avec quelques meubles par le précédent propriétaire (on lui a dit que le tout, pour lequel on lui a demandé un forfait, était sommaire) ? Elle déborde de fleurs sauvages, de celles qu'en été on trouve à l'abri d'un bosquet, avec quelques brins de lavande, une branche de romarin, le tout odorant, sans apprêt.

Camille était experte en ce genre de bouquets, autrefois. Au fil de leurs promenades, elle ramassait sans y paraître quelques branches ou herbages qu'elle assemblait en un rien de temps dans un pot de terre cuite, parfois même un vulgaire seau en zinc, et toute la poésie du monde était là...

Qui a pu composer ce bouquet-ci ? Sans doute la locataire ; une femme de goût, certainement.

Alexandre y rêve un instant, puis oublie, tout à son début de bonheur.

Car, pour qu'il soit entier, complet, il lui faudrait quelqu'un avec qui le partager. Il pourrait peut-être téléphoner à Hélène, tout lui avouer ?

Eventuellement la prier de le rejoindre ?

Il ne sait pas pourquoi, il n'en a pas vraiment envie. Ou plutôt si, il entend déjà Hélène émettre des objections, des reproches : « Tu aurais pu m'en parler ! Tu nous vois, avec les enfants, dans cette bicoque isolée, tarabiscotée, avec cet escalier en colimaçon, pas de cuisine, juste un réchaud... Non, nous ne sommes plus à l'âge du camping ! En tout cas, pas moi... »

Il lui faudrait discuter et argumenter pour lui faire réviser son point de vue, cela pouvait être long. Commencer par lui faire découvrir un à un les délices de la vie en pays varois où il faut profiter de la matinée, déjeuner tard, de crudités, d'un melon, de jambon de pays, puis consentir à la sieste — dans le crissement des cigales, le bourdonnement des abeilles sauvages, l'odeur sèche que dégagent les plantes dévorées par le soleil, la chaleur — avant de se réveiller en forme pour la soirée, le pastis, les longues heures à ne rien faire d'autre que profiter de la douceur du crépuscule, puis de celle, infinie, de la nuit...

On croit les gens du Midi paresseux ; or ils n'arrêtent pas de penser, au contraire, de s'entretenir avec eux-mêmes, avec les autres, comme dans les films tirés de Pagnol, afin de jouir, de profiter. De quoi ? Tout est si sec, ici, en été, si peu accueillant, rocheux, éblouissant. Même la mer n'est pas attirante, elle qui vous décoche ses éclairs dans l'œil... Alors, de quoi peut-on jouir au point de préférer être là plutôt que nulle part ailleurs ?

Eh bien, de la vie. De la joie, épurée par l'inactivité forcée, d'être en vie.

Assis sur le banc de pierre accolé au mur de la maison, son sac de voyage abandonné à ses pieds, Alexandre se sent petit à petit redevenir vivant.

Comme au temps des jours heureux.

... Non, je ne me serais pas cru aussi sensible à ce qui m'environne : lieux, paysages, mer... C'est comme si, toutes ces années, j'avais vécu dans l'imaginaire, en fonction d'un projet de réussite, et que, tout à coup, la tension lâchait prise, la bulle s'ouvrait pour me laisser ressortir... Presque nu.

Je l'étais, ce matin, nu, sur cette petite terrasse faite de pierres disjointes, la plante des pieds réchauffée par le sol amical. Il m'a semblé que tous mes pores respiraient, et pas seulement mes poumons. Douceur méridionale ! Inoubliable pour ceux qui y sont nés, mais qui attire aussi comme un aimant ceux qui arrivent au terme de leur vie, les retraités, comme on les nomme.

Retraités de l'esclavage, oui, réformés du système qui a fait de vous des machines à produire. Ici, c'est la nature qui travaille à votre place, et ses produits, elle vous les offre : fruits, légumes, fleurs, pêche — mais le plus précieux, c'est l'air, cet espace bleu...

Non, je ne découvre pas : je retrouve. J'ai connu ces sensations, autrefois, dans le ventre de ma mère, j'imagine, et puis avec elle. Ma première bien-aimée... Mon enfant, ma sœur... Nous étions collés, jumelés, ne nous quittant pas d'un geste. Sans avoir à le chercher, à le prévoir, dans une sorte de prédestination...

*Je ne me souviens pas du jour où je l'ai per-
due. Comme si j'avais été pris d'amnésie, un jour
je me suis retrouvé seul. Dans mon lit, dans mon
corps, dans ma vie.*

*En fait, quelque chose s'était refermé en moi,
une fontanelle tardive... Alors j'ai endossé mon
armure corporelle, ne voulant plus de cette faiblesse que représente le jointoiement à un autre...
Quel qu'il soit.*

*Me marier ne m'a pas ramené à ce premier
état de dépendance, de fusion. Hélène est si
« autre », par son tempérament, ses goûts, ses
coloris. Et puis, les enfants ont tout de suite été
là, ce sont eux qui nous unissent, et c'est
d'ailleurs ce que nous voulions.*

Tout est parfait.

L'était.

*D'où me vient brusquement ce besoin de me
retrouver dans mon bonheur, mes belles heures
d'avant ?*

*Comme si j'avais donné son dû à la société,
payé le péage, et que je pouvais à nouveau
n'appartenir qu'à moi.*

*Comme si mon corps, l'âge venant, avait à
nouveau besoin d'un autre corps pour le soutenir, le porter, l'alimenter. Besoin de cette transfu-
sion de chaleur et de rêve que vous offre tout
naturellement le Sud. Un pays où l'on doit pouvoir pourrir en paix...*

*Pourquoi est-ce que j'écris ça. Est-ce que je
pense vraiment ou n'est-ce qu'un fantasme ?...*

Alexandre se lève, repousse la chaise paillée
qu'il avait placée devant la fenêtre, face à la
petite table de bois blond, se frotte les yeux, sai-
sit les feuillets qu'il vient de remplir de son écri-
ture vive et ordonnée dont il se sert si peu
— désormais il dicte —, se relit.

Puis il fait une boule de ce qu'il vient
d'écrire, dégringole l'escalier de bois étroit, sort
de la maison, s'approche de la cheminée de la

terrasse, jette dans le feu allumé, qui n'en fait qu'une bouchée, ce qui est peut-être le plus vif de lui-même. Le plus vrai. Le plus douloureux. L'inconsolable.

« Rien n'a changé, se dit Camille, de retour à Paris. Sauf que j'ai un secret ! »

Car elle n'a pas révélé à sa famille qu'elle était allée vivre huit jours dans la maison près du Castellet, et elle a préféré glisser sur son prétendu traitement médical auprès d'une certaine Violette, ressuscitée pour l'occasion.

« Il faut te souvenir de cette adresse, c'est miraculeux, tu n'as plus du tout mal », lui a répété Pierre à une ou deux reprises. A toutes fins utiles, Camille lui a affirmé que c'était noté.

Mais retournera-t-elle là-bas ? Non qu'elle se soit ennuyée, bien au contraire, elle n'a pas vu passer les heures ni les jours : « C'est comme si j'avais fait une retraite dans le passé », se dit-elle en reprenant son travail au cabinet médical. A tout instant elle retrouvait des sensations d'autrefois face aux paysages demeurés intacts dans ce coin de terrain cultivé.

— Le vin de Bandol, lui a expliqué le vigneron propriétaire des ceps alentour, se vend bien et nous le pressons nous-mêmes. Revenez pour les vendanges, on fait la fête pendant deux jours de rang, comme dans le temps...

— Vous ne récoltez pas le raisin avec des machines, comme dans le Bordelais ?

— Le terrain est trop en pente, voyez vous-même. Nous embauchons des gens venus d'Espagne ou d'ailleurs...

Camille s'est alors souvenue d'une année où Alexandre et elle avaient prêté la main aux vendangeurs du côté de Salses. Dans le bonheur d'une fête de la terre et de ses présents, lesquels à la fois croissent naturellement mais ont besoin des soins, de l'amour des hommes. De leur travail pour les faire fructifier puis les récolter.

Du jus de raisin frais, juste pressé, se souvient-elle, ils avaient abusé, attrapant quelque mal au ventre, mais ayant beaucoup ri...

— Tu n'as pas envie qu'on élève du vin ? lui avait suggéré Alexandre. On s'achète un arpent, on apprend à le cultiver, on vit comme dans la Bible, la tête sous les ceps, et je presserai des grappes dans ta bouche...

Il l'avait fait, d'ailleurs, par jeu, un soir, sur le pas de leur porte. Ils s'en étaient mis partout ; c'était sucré, poisseux, odorant...

Aujourd'hui, elle empêche les enfants de manger les fruits à pleine bouche, elle leur apprend à avoir une serviette ou une assiette devant eux, à se pencher pour éviter que les éclaboussures maculent leurs vêtements. Aujourd'hui, Camille fait la police... Qui l'aurait cru alors ?

Est-ce parce qu'elle a des enfants ou parce qu'elle devient vieille ?

Elle s'est demandé si Alexandre, de son côté, jouait les pères Fouettard ou s'il était devenu père tout court...

Serait-ce possible qu'il ait complètement changé ? Elle se remémore leur intimité, leur complicité. S'ils se revoyaient, elle est convaincue qu'avec lui elle retrouverait la même impression de jeu, d'émerveillement, de liberté...

Cela veut-il dire qu'elle est toujours amoureuse de lui, contrairement à ce qu'elle avait cru — décrété — à l'époque de leur rupture ? En fait, non, ce n'était pas une rupture, juste une séparation.

Encore amoureuse, elle ne dirait pas ça, mais qu'elle ait envie de le revoir, ça oui : on rencontre si peu d'êtres, dans sa vie, avec lesquels on s'entend profondément. Des frères, en somme ; ou des sœurs, s'il s'agit de femmes.

Mais un homme qui perdure dans la vie d'une femme, c'est plus rare qu'une copine. Plus étonnant, donc plus précieux. Elle est bête de l'avoir perdu de vue ; leurs relations ne pouvaient nuire en rien à son mariage. Qui sait, peut-être Pierre aurait-il apprécié ce garçon, quoique différent de lui, noué avec lui une amitié ? Ils se seraient tous sentis plus forts, plus riches d'être ainsi épaulés.

Aussi d'avoir conservé le passé. Rejette-t-on ses parents parce qu'on se marie ? Bien au contraire, on se réjouit que la famille s'élargisse. Alexandre faisait partie de sa famille, il avait été son éducateur plus encore que ses père et mère... Et voilà qu'elle l'a lâché, qu'elle a voulu faire peau neuve... Comme si c'était possible, comme si ça l'avançait à quelque chose !

En fait, elle avait rejeté une partie de sa vie comme on se coupe un membre, elle s'était exilée d'elle-même...

A tort, en vain. La présence d'Alexandre est derrière toutes les sensations qu'elle éprouve. Associée à l'odeur si particulière du Midi : romarin, lavande, pins et figuiers mêlés. Point de varech ici, ni d'iode ; quelque chose de sec comme le silex, la pierre à feu.

Comme autrefois, elle se déplace pieds nus sur le carrelage, passant d'un rai de lumière à l'ombre, du chaud au frais.

Par moments, elle croit entendre sa voix : il l'appelle d'une pièce à l'autre.

La dernière nuit, elle ne dort presque pas : il y a tant d'étoiles dans le ciel, et un rayon de lune s'attarde un moment sur son lit...

Le lendemain, elle a repris le train.

Ce séjour au pays du passé, l'aurait-elle rêvé ?

Une hallucination réussie, en tout cas, quoique infiniment mélancolique.

Alexandre ne peut pas cesser d'y penser. Un homme comme lui, cartésien — trop, même —, positif, logique... Ce qui lui est arrivé là-bas, dans le Midi, le remet complètement en question : aucune explication, autre qu'irrationnelle, ne tient la route. Or, l'irrationnel, il ne veut pas y croire. En fait, il ne s'agit même pas de croyance : Alexandre sait que ça n'existe pas ! Pas plus que les ovnis ou les petits hommes verts...

Alors, que se passe-t-il, de quoi s'agit-il, comment se fait-il que ce petit cliché de rien du tout, quatre centimètres sur cinq en noir et blanc, se soit retrouvé sous une commode, quand il a voulu la déplacer, dans cette maison même où il se trouvait pour la première fois, afin de disposer à la place une table à écrire ?

Car il a écrit, pendant son séjour dans le Midi.

La photo face contre le sol, il l'a machinalement ramassée, forcément retournée, et il est resté pétrifié : c'était lui !

L'image le représentait seul, souriant, en short, tel qu'il était il y a vingt ans, dans un paysage méridional qu'il ne pouvait exactement situer, mais qui était l'un de ceux qu'il fréquentait à l'époque. Avec Camille. Sur un fond de pins, d'agaves, de ciel pur.

Alexandre commence par se dire qu'il a la berlue, qu'il se trompe : une telle chose n'est pas possible, n'a pas de sens ; mais il a beau rapprocher le cliché de ses yeux — il est même allé acheter une loupe chez le papetier de Bandol —, il n'y a pas à se méprendre :

c'est bien lui. Il lui semble d'ailleurs qu'il l'a déjà vue, cette photo, il y a longtemps, et qu'il s'était trouvé les jambes un peu maigres, ce qui fait qu'il n'avait pas voulu la conserver...

Qu'est-ce qu'elle fait *là* ?

Seule explication : c'est lui qui l'a apportée sans s'en rendre compte. Serait-elle restée enfouie depuis le temps dans l'une des poches de son portefeuille ? Impossible : il est neuf, c'est un cadeau reçu à Noël dernier, et il a complètement vidé l'ancien pour garnir celui-là. Il n'y a mis que des papiers et des cartes de paiement, aucune photo ni de lui, ni d'Hélène, ni des enfants, ni de personne d'autre.

Dans sa valise ? Neuve, elle aussi. Alors, dans une poche de ses vêtements ? N'a-t-il pas repris un vieux blue-jeans, un short qui lui non plus n'est pas tout neuf ? C'est la seule explication recevable. Plausible, en tout cas.

Qui devrait lui suffire, mais qui n'y parvient pas. Quelque chose lui dit que Camille n'est pas pour rien dans cette réapparition du petit rectangle de papier ! A force d'évoquer son image, quelque chose de cette époque s'est matérialisé sous la forme de ce cliché. Comme une lucarne ouverte sur une autre tranche du temps... Cela arrive : Einstein, d'autres mathématiciens l'ont pressenti, sinon affirmé : il peut y avoir des sortes de trous, des déchirures dans l'espace-temps, responsables de phénomènes qui nous paraissent incompréhensibles... Qui sont pour l'heure inexpliqués. Mais qui n'en existent pas moins : la preuve...

Quelle preuve ?

Alexandre, de retour à Paris, s'embrouille, perd pied, devient émotif, stressé, sursaute pour un rien, un coup de téléphone qu'il n'attend pas, une sonnerie intempestive à la porte...

« Ne t'en fais pas, crie-t-il à Hélène, je vais ouvrir ! »

Si c'était...

Autant que ce soit lui qui ouvre...

100

Mais ça n'est pas... Et pourquoi cela serait ? Il devient fou, ou quoi ?

En tout cas, la photo est là, bien rangée sous des dossiers, dans le tiroir de droite de son bureau.

Où Carole, bientôt, la découvre.

— Monsieur...

— Oui ?

— Que dois-je faire de...

— De quoi ?

— De ça... Je ne sais pas s'il faut classer et dans quel dossier...

— Laissez cette photo là où vous l'avez trouvée, Carole.

La fille a un drôle de sourire qui veut en dire long et ça finit par sortir :

— Vous étiez drôlement mignon, à l'époque... !

Il ne l'est donc plus ?

En tout cas, une chose est sûre : la photo est bien réelle, puisque Carole a pu la prendre en main et qu'elle l'a reconnu sans l'ombre d'une hésitation.

De ce point de vue, il peut se rassurer : il n'est pas fou.

Amoureux, peut-être.

Mais de qui ? Pas de Camille, en tout cas ; c'est une affaire classée.

Alors de lui-même, de cette époque révolue, de sa jeunesse ?

Aberrant, mais ça existe, des gens qui n'arrivent pas à accepter le présent tel qu'il est, qui voudraient retourner en arrière pour s'accrocher aux jours anciens, y rester.

Revivre à nouveau, sans fin, leurs jours heureux.

Camille s'était dit qu'elle allait faire agrandir la toute petite photo qu'elle avait retrouvée dans l'un des journaux intimes qu'elle tenait sporadiquement à l'époque. C'est pour se remémorer des noms de lieux, des adresses, qu'elle avait feuilleté ce vieux cahier rangé avec d'autres dans une cantine qu'elle n'ouvrait plus depuis longtemps, et le petit cliché lui était tombé entre les mains.

Alexandre ! Si jeune...

C'est maintenant qu'elle se le dit. A l'époque, la photo tout juste développée, il lui avait paru lui-même, un point c'est tout. Mais lui ne s'était pas plu : il se trouvait un peu frêle, pas assez baraqué, avec une trop longue mèche de cheveux qui faisait romantique — il se les était fait couper dès le lendemain. Et il s'était débarrassé de cette photo — en fait, la lui avait laissée sans savoir au juste ce qu'elle en ferait. Il aurait préféré qu'elle la déchire, mais Camille s'y était refusée : un souvenir est un souvenir ! Pour qui ? Eh bien, pour plus tard...

Tous ceux qui prennent des photos, ce qu'on appelle des instantanés, et qui prétendent en même temps ne vivre que dans le présent, sont des tricheurs : en fait, sciemment ou pas, ils songent à l'avenir. A cette époque lointaine où ce qu'ils ont sous les yeux ne sera plus qu'un décor pâli, jauni, sur papier mat ou brillant.

Ce qui avait incité Camille à conserver ce vestige du passé dans son portefeuille et à l'emporter dans le Midi avec elle, c'est qu'elle aurait voulu retrouver l'endroit exact où la photo avait été prise. Pour quoi faire ? Pour vérifier ce qui avait changé ? Peut-être était-ce resté identique. Ou, au contraire, tout aurait été tellement modifié qu'il ne subsisterait précisément que le souvenir. Elle n'en savait rien d'avance...

Ce qui est certain, c'est qu'elle — oui, elle ! — n'a pas changé. Pas du tout. Un petit peu extérieurement, mais à l'intérieur, non, elle est sûre d'être la même.

Sauf qu'elle n'est plus amoureuse. Du moins, plus d'Alexandre. Son cœur, par ailleurs, s'est élargi. Non pas approfondi : il avait toute sa profondeur dès le début de sa vie, de cela elle est certaine. Mais il contient désormais plus d'amours, au pluriel. Ce qui, d'une certaine façon, est inconfortable : davantage d'angoisses, d'inquiétudes, d'anxiétés pour les uns et les autres, pour son mari, les enfants, mais, en même temps, une plus grande sécurité. Ces amours multiples se relaient pour la soutenir ; au contraire, lorsqu'on n'aime qu'un seul être, si on vient à le perdre, on se perd soi-même.

Une fois, Alexandre avait plongé sous ses yeux et était resté en apnée sous la mer un peu plus longtemps qu'à son habitude... Camille avait cru mourir étouffée, retenant sa respiration alors même qu'elle était sur la plage, à l'air libre. Si lui, son seul amour, ne réapparaissait pas, elle se voulait morte sur-le-champ, asphyxiée en même temps que lui.

Beau ? Si l'on veut, mais pas facile... Dangereux. Insensé, peut-être. Une accroche à la vie un peu trop frêle, comme tout ce qui ne tient qu'à un fil ! Les alpinistes le savent...

Si elle voulait faire agrandir la photo, c'était pour tenter de mieux voir la construction qui se devinait à l'arrière-plan, à demi cachée par un pin mais quand même perceptible. Une ferme, sans doute, et la montagne dans le fond ? Aucune montagne n'a le même profil, c'est comme les humains, on peut les identifier. Cela l'aurait amusée d'y parvenir... Emue, peut-être.

Reste que cette photo, elle ne la retrouvait pas,

qu'avait-elle pu devenir ? Oui, elle l'avait sortie de son portefeuille, elle s'en souvient maintenant, pour comparer ce qu'elle y voyait au paysage découvert par la fenêtre. Il lui semblait y voir comme un air de famille, mais le cliché était trop exigu pour qu'elle en soit assurée. Elle l'avait apporté au photographe de Bandol qui avait demandé dix jours pour le travail d'agrandissement : trop long, elle serait déjà repartie. Elle avait préféré ramener la photo avec elle et avait dû la poser quelque part dans la maison louée où elle l'avait oubliée sur un meuble ou un autre. A moins qu'elle ne fût tombée, soufflée par ce mistral qui se lève à l'improviste et s'engouffre dans les maisons avant qu'on ait eu le temps de fermer fenêtres et impostes.

Elle va téléphoner à l'agence, leur demander si la femme de ménage, passée après elle, n'a pas ramassé une vieille photo. Si c'est le cas, peut-être l'aura-t-on conservée ? On jette les vieux papiers, mais pas les photos, non, surtout pas celle-là !

— Puis-je parler à madame Marty ?

— C'est moi.

— Excusez-moi de vous déranger, c'est l'agence du Var qui m'a donné votre numéro de téléphone. Je suis le propriétaire de la maison du Castellet que vous avez habitée il y a quelques semaines...

— Ah, je vois qui vous êtes... Bonjour, monsieur...

— Je vous appelle au sujet d'une photo que vous auriez perdue...

— En effet, c'est un petit cliché noir et blanc que j'ai égaré lors de mon séjour. L'auriez-vous retrouvé ?

— Oui, il avait glissé sous un meuble de la grande pièce.

— j'en suis heureuse, je vais vous donner mon adresse pour que vous me la réexpédiez. A mes frais, bien entendu...

— Puis-je me permettre de vous poser une question.

— Bien sûr, laquelle ?

— Comment se fait-il que cette photo soit en votre possession ?

— Mais parce qu'elle m'appartient !

Elle a failli ajouter : en quoi cela vous regarde-t-il ? Mais, depuis un moment déjà, quelque chose d'étrange se passe en elle. Chez son interlocuteur aussi, probablement, car, au fil des échanges, sa voix est comme amincie, presque étranglée...

Cette façon de parler, en fait cette musique vocale leur rappelle quelque chose à tous deux, sans qu'ils se le soient encore avoué... Bien sûr, l'un comme l'autre a changé sinon de timbre, du moins d'intonation, gagné en autorité, en sécheresse aussi, surtout pour s'adresser à quelqu'un d'en principe inconnu.

Tous deux ont tenu à faire montre de politesse et de détachement. Surtout Camille qui nourrit quelque rancune envers l'acheteur de cette maison dans les vignes où elle s'était sentie si bien. Cet homme l'a en quelque sorte dépossédée. Privée de ses souvenirs, du moins de la possibilité de les revivre... Mais, comme il a retrouvé la photo et s'apprête à la lui renvoyer, il convient qu'elle se montre aimable, polie, plaisante... D'où un combat intime qui donne à sa voix un accent tendu, pas vraiment agréable.

Pour ce qui est d'Alexandre, il est dans la perplexité : comment se fait-il que cette madame Marty dont il n'a jamais entendu parler jusqu'ici soit en possession d'une photo de lui jeune homme ? Est-elle collectionneuse de clichés de cette époque ? Où la lui a-t-on donnée — ou encore, ce qui serait le plus troublant, connaît-elle Camille ?

Oui, ce doit être ça, et cette pensée imprime un léger tremblement à sa voix. Il faut qu'il le lui demande, en même temps qu'il craint de le faire, ne sachant comment s'y prendre. Mais voilà que c'est elle qui prend l'initiative de décliner son identité. En fait, elle veut en finir avec cette conversation qui la met mal à l'aise :

— Je m'appelle Camille Marty, 15 bis, avenue d'Eylau, Paris, dans le XVIe arrondissement.

Un blanc.

— Camille..., reprend-il simplement. Et moi, je m'appelle Alexandre.

Ajouter son nom de famille n'est pas nécessaire, comme le silence qui s'ensuit le laisse amplement entendre.

Ils se sont retrouvés.

Alors qu'ils ne se cherchaient pas.

Ou pas vraiment. Juste en songe.

Après avoir raccroché, Camille se rend compte que si Alexandre possède maintenant son adresse et son numéro de téléphone, il n'en est pas de même pour elle. Elle ne sait où le joindre, ni s'il habite Paris.

Bien sûr, elle peut se renseigner à l'agence, mais à quel titre ? Et accepteront-ils de lui fournir ce renseignement qui relève peut-être du secret professionnel ?

Il lui reste une possibilité : lui écrire à l'adresse de la maison du Castellet où elle a repéré une boîte aux lettres plantée sur un piquet, à l'entrée du chemin de sable qui y conduit. Mais quand viendra-t-il relever son courrier ?

A peine a-t-elle imaginé la chose et commencé à se demander si elle va mettre en en-tête *Cher Alexandre*, ou *Alexandre* tout court, ou bien rien du tout, que l'incongruité de sa démarche lui saute aux yeux ! Elle n'a pas à relancer son ancien amant, elle, une femme mariée, heureusement, mère de famille intègre, fidèle, irréprochable...

En tout cas jusqu'ici, car, depuis son séjour au Castellet, quelque chose a commencé à remuer en elle. A changer ? Elle s'en est aperçue à la façon inquiète dont Pierre parfois la considère. Comme s'il se demandait ce qui se passe chez cette femme qu'il pensait connaître par cœur depuis quinze ans qu'ils vivent côte à côte — ou pire encore : qui elle est.

« La même, je suis la même, j'ai toujours été la même ! J'ai toujours les mêmes goûts ! » a-t-elle eu envie de crier, l'autre soir, au restaurant, lorsqu'elle a vu qu'il lui demandait, dans l'expectative, ce qu'elle désirait manger, alors que, d'habitude, il commande pour elle, certain de savoir ce qui va lui plaire dans ce que proposent le menu ou la carte... En fait, la plupart du temps, la même chose que lui !

Là, il s'est mis à l'interroger à l'instar ou presque à la place du maître d'hôtel : « Que désire Madame, ce soir ? »

Le pire, c'est qu'il avait raison : au lieu de son entrecôte grillée habituelle, Camille a eu envie d'une sole, d'une ratatouille confite, avec pour commencer un melon accompagné de jambon du pays.

De quel pays ?

Mieux valait ne pas chercher à savoir.

Et elle a voulu du rosé : « C'est ce qui va le mieux, n'est-ce pas, avec le melon ? » a-t-elle questionné le sommelier alors que, d'habitude, elle préfère à tout le bordeaux.

Est-il nécessaire de chercher qui lui a fait découvrir le rosé, autrefois ?

« Ça doit s'appeler une régression, se dit-elle le lendemain, en se rendant à son bureau. Cela arrive, paraît-il, lorsqu'on fait un certain travail analytique, un travail sur soi... J'approche de la ménopause, peut-être en aurais-je besoin ? Si j'allais consulter Evrard ? »

Un ancien camarade d'université qui avait dérivé vers la psychiatrie pour se retrouver analyste... Evrard était bien capable de lui rire au nez. Mais peut-être pas. Jadis, il lui lançait un drôle de regard lorsqu'elle affirmait devant lui que, du jour où on a rencontré sa moitié d'orange, il n'y a plus à s'en faire, on est tranquille — à deux — pour le restant de ses jours... Noces de cristal, d'argent, d'or, de diamant, tout se déroule sans encombre !

« Jusqu'aux noces de sapin », ajoutait Pierre en s'esclaffant.

Il est vrai qu'ils avaient depuis lors retenu côte à côte leur concession perpétuelle...

Camille en est là de ses réflexions lorsqu'elle

pénètre dans le cabinet médical pour s'entendre dire par la standardiste :

— Ah, madame Marty, quelqu'un a téléphoné pour vous, un certain Alexandre...

Coup au cœur.

— Qu'a-t-il dit ? Il a laissé un message ? Un numéro de téléphone...

— Il a seulement précisé qu'il allait vous rappeler.

Jusqu'à la standardiste, tout le monde pourra témoigner que ce n'est pas elle, Camille, qui a pris l'initiative de rappeler Alexandre.

Elle n'est donc coupable de rien du tout...

Inutile d'avoir recours à Evrard.

Pour l'instant.

Alexandre s'est à nouveau manifesté dans la matinée. Non sur sa ligne directe, la standardiste ne lui en avait pas communiqué le numéro, mais sur le poste général.

— Il y a une communication pour vous, madame Marty. Je crois que c'est la personne qui a cherché à vous joindre ce matin. Je vous la passe ?

Ce ne pouvait être qu'Alexandre...

— Merci, je prends.

— Excuse-moi de te déranger, Camille.

— Tu ne me déranges pas.

— J'ai pensé à une chose...

— Laquelle ?

Son cœur bat. A quoi s'attend-elle ?

— Cela m'ennuie de mettre cette photo à la poste : il n'y en a qu'un exemplaire, elle risque de se perdre ; je préférerais...

— Quoi ?

Elle est d'accord, bien entendu, avant même qu'il ait formulé sa suggestion... Mais c'est comme pour une demande en mariage : il faut laisser l'homme prononcer les mots, aller jusqu'au bout de sa parole. C'est important pour l'avenir.

Pour que lui-même, le mâle, s'entende « proposer », comme on disait autrefois, d'un seul mot qui contenait tout.

— Je serais plus tranquille si je pouvais te la remettre en mains propres...

Camille s'entend rire un peu bêtement. C'est fait :

son « amoureux » — l'est-il encore ? — vient de s'engager, il veut la voir, lui parler, la rencontrer...

Et s'il allait être déçu ?

Ou bien elle ?

Elle se souvient subitement de l'histoire que lui a racontée une amie, laquelle avait souhaité revoir un ancien amant, un homme avec qui elle avait vécu quelques années, puis qu'elle avait perdu de vue. C'est lui qui l'avait rappelée, comme vient de le faire Alexandre, et au téléphone tout s'était on ne peut mieux passé : même voix, même charme, même émotion ou presque... L'amie lui avait donc accordé un rendez-vous dans sa maison de week-end, pour qu'ils soient seuls. « Heureusement que je savais qu'il allait venir, avait soupiré l'amie, car lorsqu'il est descendu de voiture, assez péniblement, imagine-toi que je ne l'ai pas reconnu ! Transpirant, haletant, boursouflé de partout, il pesait au moins cinquante kilos de plus... »

Et si c'était le cas d'Alexandre ?

Camille a envie de lui demander : « Combien pèses-tu ? » Se retient, plonge :

— Après tout, si tu veux... Où ? Quand ?

— Camille, tu vas peut-être me trouver complètement fou, mais j'ai réfléchi... Tu te vois entrant dans un restaurant, cherchant de l'œil Alexandre le Jeune jusqu'à ce qu'un vieux monsieur lève le bras : « C'est moi, c'est moi, par ici ! » Que ferais-tu ? Tu prendrais la fuite en disant au maître d'hôtel : « Il n'est pas là, je ne le vois pas, j'ai dû me tromper de jour, ou d'heure, ou d'établissement... »

Elle rit, c'est bien Alexandre ; elle reconnaît son sens de l'humour — le meilleur des humours, à ses propres dépens... Elle lui disait : « Sur une scène, dans un *one-man-show,* tu ferais un malheur ! — Je préfère faire ton bonheur, ma *one-woman* si chaude... » Et de l'étreindre !

— Alors c'est quoi, l'alternative ?

— La seule possible, et je suis sûr que tu l'as déjà devinée. Retrouvons-nous à la maison.

Elle a failli demander « Quelle maison ? », mais

elle a aussitôt l'image devant elle. Elle est là, sur le pas de la porte de la maison du Castellet ; lui, monte allègrement le petit sentier de terre battue qui conduit au terre-plein où s'épanouit le micocoulier. Il s'arrête un instant, la contemple. Il ne sourit pas, il est grave.

Elle aussi.

Une séquence de cinéma. Celle d'un très beau film d'amour à l'américaine.

Qui pourrait s'intituler : *Nous allons vieillir ensemble...*

Qu'est-ce qu'un homme aimé ? Celui dont on est convaincue d'être la préférence, comme une fille l'est souvent de son père, et qui, de surcroît, vous offre un niveau de vie appréciable ? L'homme qui est le père de vos enfants ? L'amant plus ou moins clandestin ? Ou l'homme rêvé, cet inconnu que toute jeune fille s'est figuré sous les traits du prince charmant, qu'un jour elle rencontre, épouse, chérit, et finalement...

Et Hélène d'éclater en sanglots, ses larmes se mêlant à l'eau de l'évier dont le robinet coule à flots sur les légumes à gratter et à laver. Non qu'elle fasse constamment la cuisine — c'est Mme Perro qui s'en occupe —, mais elle avait décidé de préparer, pour ce soir, une recette qu'elle tient de sa grand-tante provençale, et que la famille adore : une ratatouille confite.

Et voilà qu'au lieu d'huile d'olive, elle assaisonne le plat de larmes salées !

Pourquoi ce chagrin ? Hélène n'en sait rien elle-même. Plusieurs femmes lui ont raconté que, juste après leur mariage, ayant changé de vie et de couche pour le lit matrimonial, de maison, de tout, elles avaient pleuré en cachette plusieurs semaines, parfois des mois durant...

C'est une dépression bien connue des médecins, autant que la dépression des accouchées qui survient souvent après la naissance d'un premier bébé, mais qui n'est pas, celle-là, admise par la société. Une jeune mariée revenue de son voyage de noces se doit d'être radieuse ! Plus encore si elle se découvre enceinte...

Hélène, pour son compte, n'avait pas déprimé après avoir épousé Alexandre ; il faut dire qu'ils étaient toujours en mouvement, allant d'un pays à l'autre, perpétuellement à l'hôtel, tandis qu'Alexandre se cherchait un « job ». Avec un courage qui provoquait l'admiration de sa jeune épousée : ne déployait-il pas tous ces efforts juste pour arriver à la faire vivre comme, d'après lui, elle le méritait ?

— Ma princesse, lui répétait-il chaque soir en l'enlaçant, je veux t'enfouir dans le bonheur et la soie...

— Mais le bonheur, j'y suis jusqu'au cou et au-delà !

— Tu verras, d'être en plus couverte de vraie soie, avec les bras, le cou, les doigts constellés de gros diamants, la vie est encore meilleure...

La « soie » et les « diamants » se révélèrent en fin de compte être un grand appartement, de merveilleux enfants, plus tout ce qui va avec, le mobilier, les gadgets, le superflu, une puis deux voitures, des vacances variées dans des lieux choisis, souvent paradisiaques, des cadeaux de prix à tous les anniversaires, aux fêtes, pour chacun d'entre eux... Tout ce que promet et parfois permet la société de consommation lorsqu'elle est en expansion, et ses jeunes P.-D.G. avec elle !

Le bonheur s'en trouve-t-il accru, lui aussi ?

Avant aujourd'hui, jamais Hélène ne s'est posé la question tant elle se préoccupait avant tout d'être « à la hauteur » d'un homme qui travaillait tant, si bien, si fort, si efficacement pour elle et les enfants.

Bien sûr, elle ne restait pas les bras croisés : elle avait accepté d'être présente l'après-midi dans la boutique d'antiquités d'un ami de sa belle-mère. Elle avait vite compris que son propriétaire, Etienne Froste, l'avait engagée parce qu'il la trouvait décorative : pensez, une blonde jeunesse parmi les vieux meubles, c'est un produit d'appel, ça fait vendre... De son côté, elle apprenait quelques petites choses sur le commerce de l'art. Eventuellement sur les « trucs » — les magouilles ? — du métier... Et sur la suffisance des gens « friqués » qui méritent parfois amplement d'être... ne disons pas trompés, mais poussés dans les orties !

Ça la faisait bien rire et elle se réjouissait d'avance à la perspective de raconter, le soir, la bonne histoire à Alexandre.

Mais, depuis plusieurs semaines déjà, ses anecdotes ne l'intéressent pas, ne rencontrent plus son oreille : Alexandre est ailleurs. Non pas complètement disparu : il pose les questions essentielles sur ce que font les enfants à l'école, sur les projets de sorties en famille, ou en couple chez leurs différents amis. Se souvient de la date des soirées au spectacle. Bref, il n'oublie rien (se peut-il que Carole soit derrière lui pour le rappeler à l'ordre ?). En somme, il est parfait.

« Ma fille a un mari parfait ! » — c'est l'exclamation, renouvelée, de sa mère dès qu'elle parle d'eux, qui forcément agace Hélène.

Elle n'attend pas d'Alexandre qu'il soit parfait, mais follement, divinement amoureux ! Comme aux tout premiers temps : « Ma blonde, tu es ma lumière... » C'était lui qui réclamait de faire l'amour dans le noir alors que, généralement, ce sont les jeunes épousées qui se montrent pudiques. Il prétextait qu'il la voyait mieux dans l'obscurité, tant elle était lumineuse, phosphorescente, dégageant un éclat visible de lui seul... Qui allait durer l'éternité, comme celle qui vient du cosmos et met des milliards d'années-lumière à nous parvenir...

A l'exemple des étoiles, Hélène devait l'illuminer toute sa vie d'homme, et au-delà. Son amour allait survivre à sa vie, à celle d'Hélène, et même au Soleil, pauvre astre en fusion déjà sur la voie de l'extinction...

Alors que l'amour d'Alexandre pour Hélène serait plus long que l'éternité !

Tandis que son mari-amant lui débitait ce cantique

des cantiques, Hélène sentait chacune de ses cellules s'épanouir, se dilater, se préparer — comme cet homme le lui annonçait — à la durée perpétuelle.

Lorsqu'il rallumait la lampe, ou le matin venu, Alexandre la regardait avec un bel étonnement — feint ou réel, qu'importe — avant de s'exclamer :

— Mais que s'est-il passé, tu es encore plus belle qu'hier soir avant que je n'éteigne !

— C'est à cause de toi ! disait-elle en riant, sur le point d'y croire.

Elle se sentait si à l'aise d'être aimée dans ce qui était depuis toujours l'attente de son cœur. Sa vérité profonde. Grâce à quoi, elle pouvait devenir elle-même...

Rien que d'évoquer ce temps pas si lointain, la voilà qui se remet à pleurer. Cette fois dans la casse-role où ont commencé de mijoter les divers légumes...

Qu'elle est sotte ! Ce n'est pas parce qu'Alexandre part trois jours dans le Midi, fût-ce pendant un week-end, la période de la semaine rituellement « à eux », qu'elle doit se rendre malade.

De quoi, au juste ? De chagrin, d'anxiété, de jalou-sie ?

Ce doit être cela : elle est jalouse !

Ne s'est-elle pas imaginé qu'il allait emmener Carole avec lui sous prétexte qu'il avait besoin de son assistante ? Et ce n'est pas la première fois que l'idée la traverse ! Renseignements pris, Alexandre a tou-jours voyagé seul, et, aujourd'hui même, Carole se trouve chez elle : Hélène s'en est assurée en télépho-nant sans vergogne chez la petite pour entendre une voix d'homme s'énerver dans le lointain : « Mais qu'est-ce que c'est encore que ces appels au milieu de la nuit, avec personne qui cause ? »

Non, il ne s'agit pas de Carole.

De qui, alors ?

Les dernières heures avant son envol, Camille ne songe qu'à une chose : comment rendre tout à fait plausible son départ du jeudi soir, par le train de nuit, vers Bandol ? Elle redoute qu'un soupçon, s'emparant soudain de Pierre, ne fasse capoter son « montage », comme on dit de l'échafaudage préalable au déclenchement d'une affaire politique ou financière.

Mais Pierre semble serein. A peine, le mercredi, formule-t-il le regret de ne pas l'accompagner dans ce pays si beau, qui doit l'être encore plus à la fin septembre, au moment des vendanges, quand le flot des touristes s'est fortement réduit. Après tout, il pourrait essayer de s'arranger pour partir avec elle, non ? D'autant plus qu'avec son mal de dos, il serait bon qu'elle ait quelqu'un pour lui porter ses bagages, lui ouvrir les portes... (Même le meilleur des hommes est capable de manier la perfidie.)

Le cœur de Camille s'arrête de battre : qu'objecter, comment le stopper dans son élan ?

Pierre la fixe comme s'il réfléchissait à cette possibilité de l'accompagner, sans paraître remarquer sa soudaine pâleur, puis, lentement, avec un flegme teinté de regret, il revient sur sa proposition :

— Mais qui s'occuperait des enfants ? Ils doivent aller dimanche dans la région de Rambouillet chez un copain de Gilles, et il faut bien que je sois là pour les conduire en voiture, puis les ramener...

Soulagement de Camille, qui se traduit par de la sollicitude :

— Cela ne va pas trop t'ennuyer ?

— Mais non, il paraît que la saison des champignons a commencé, et tu sais quel chercheur je suis aussi sur ce terrain-là... Encore meilleur qu'en biologie !

Tous deux de rire. Camille se souvient de leurs virées en Corrèze, dans des forêts de chênes et de châtaigniers où surgissent soudain de sous la fougère les chapeaux ronds des bolets noirs, des cèpes gris, ce malin trésor que vous offre parfois la nature et qui, à l'instant de sa découverte, vous paraît valoir tous les autres !

Mais Pierre est peut-être un trésor qui surpasse tous les autres ?

L'effleure l'impulsion de renoncer à son voyage ! C'est si simple : il lui suffit de décréter qu'elle n'a plus mal au dos, qu'elle va plutôt l'accompagner en forêt de Rambouillet...

Et l'autre, alors, que deviendra-t-il, tout seul dans la maison du Castellet, à attendre son passé qui ne réapparaît pas ?

Camille imagine Alexandre sur le petit chemin de terre, son sourire charmeur aux lèvres — le sourire, c'est ce qui change le moins chez les gens —, sa veste négligemment jetée sur une épaule... Comme il était lorsqu'il revenait de Bandol où il était allé seul faire ce qu'il appelait des « courses mâles » : journaux et cigarettes. Bien qu'elle consommât autant que lui des uns et des autres...

Qu'ils étaient proches, se comprenant sans mots ! Comme elle était bien avec elle-même, comme elle se sentait entière ! Oui, c'est bien ce que signifie le mot intègre : être entièrement là en soi-même dans la minute présente, exempte d'angoisse, sans attente de ci ou de ça...

Est-ce que les animaux sont ainsi lorsqu'ils ont mangé, n'ont plus besoin de rien ? Faisant corps avec eux-mêmes, songe-t-elle en se répétant cette drôle de phrase — faire corps avec soi-même — qui lui est venue comme ça...

Et la voilà dans le taxi — « Je me débrouillerai, le

chauffeur me trouvera un chariot. Reste plutôt avec les enfants ! » —, puis à la gare de Lyon, dans le TGV, éblouie : elle a réussi à s'échapper !

Sans rien casser.

Attendre un bonheur peut se révéler aussi douloureux qu'attendre un malheur : ce vide dans lequel on
se consume au chevet de quelqu'un qui tarde à mourir, par exemple. On se voudrait déjà au-delà (enfin
exaucé, ou désespéré...). On dit d'ailleurs « tromper
l'attente » pour signifier qu'on use de stratagèmes
destinés à la gommer, à faire qu'elle ne soit plus là à
nous dévorer.

Si Camille avait manqué le train ! Si Alexandre
s'était payé un accident de la route, tiens, presque à
l'arrivée, tant et si bien qu'elle en conclurait à tort
qu'il n'a pas voulu la revoir... Comme dans ce film où
Irène Dunne se fait renverser par une voiture juste
au pied de la tour new-yorkaise au haut de laquelle
l'attend Cary Grant...

Et c'en est fini pour eux deux de leur rêve d'amour.

Car c'est l'amour qui se trouve en suspens dans
l'attente, même si les protagonistes se refusent à
l'admettre.

Camille et Alexandre sont jusqu'au cou dans la
mauvaise foi, voulant croire qu'ils se sont donné rendez-vous uniquement à cause d'une photo perdue,
par loyauté aussi, pour consommer — n'est-il pas
temps ? — une rupture qui n'avait eu lieu que dans
le silence, le non-dit... En somme, qui n'avait pas été
prononcée ni formulée. Or, qu'est-ce qu'un événe-
ment qui n'est pas consacré par la parole ?

Ils ne se le disent ni l'un ni l'autre, mais testent sur
eux-mêmes ces raisons cachées pour justifier
— mensonges compris — la peine que leur rencontre

125

leur occasionne... Ce sont d'ailleurs ces arguments qu'ils fourniront à leurs proches si, quelque jour, le pot aux roses est découvert, ce qu'à Dieu ne plaise ! Mais mieux vaut quand même fourbir à l'avance les armes de la défense...

S'il en est ainsi, s'ils ne se voient que pour consolider leur séparation — au nom de leur actuel et respectif bonheur conjugal —, pourquoi Camille tremble-t-elle tant en passant d'une pièce à l'autre ?

Pourquoi Alexandre, qui s'est égaré à un carrefour — ah, ces nouveaux sens giratoires ! —, jure-t-il comme un charretier en cherchant la bonne direction : mauvaises manières qui ne font pas partie des siennes surtout depuis qu'il y a les enfants ?

Tous deux ont leur portable à portée de main, quoique d'un commun accord ils n'aient pas voulu s'en communiquer le numéro... Il est d'usage, lorsqu'on donne à quelqu'un le moyen téléphonique de vous joindre, avant un rendez-vous, d'ajouter : « Pour le cas où vous souhaiteriez vous décommander... »

Or ils n'en ont ni l'un ni l'autre l'intention, mais si l'un d'eux en avait à la fois le désir et la possibilité ?

On imagine la mariée, sur le parvis de l'église, au bras de son père, fouillant fébrilement dans sa poche où se trouve le téléphone — blanc ? — par lequel son futur époux lui fait savoir qu'il est en retard, ou, mieux : qu'il ne viendra pas ! Qu'il se marie avec une autre !

Scénario bien d'aujourd'hui.

Camille et Alexandre, eux, ne sont pas dans aujourd'hui, mais en train de remonter le temps à la recherche d'un bonheur perdu.

L'attente est longue.

La douleur dure.

Comparable à celle des astronautes lorsqu'ils sortent du champ de l'attraction terrestre. Pour Camille et Alexandre, c'est s'arracher aux pesanteurs du quotidien qui fait souffrir tout leur corps.

Jusqu'à ce que...

« Une preuve ne suffit pas, se dit Pierre, en bon scientifique qu'il est. Il en faut plusieurs allant dans le même sens, et aucune contraire. Sinon, on ne peut conclure qu'on se trouve devant une certitude ! »

Pour l'instant, tout ce qu'il sait et peut affirmer, c'est que Violette Meyrins n'existe pas. Ou, plus exactement, que celle qu'il a trouvée sur le Minitel n'habite pas Bandol, mais Lyon. Aurait-elle quand même une résidence dans le coin ? Il a donc téléphoné, comme s'il était un agent immobilier, au numéro de Lyon, déclaré qu'il avait eu un renseignement comme quoi une dame Meyrins, Violette de son prénom, possédait une fermette à Bandol qu'elle souhaitait peut-être vendre...

On lui a ri au nez :

— Non, monsieur. Autrefois oui, j'en ai eu une, mais je l'ai vendue depuis dix ans. Vos informations datent un peu... Bien le bonjour !

Une jolie voix, jeune, de l'âge de celle de Camille, pour le coup c'était sûr... Avant qu'elle ne raccroche, Pierre a poussé plus loin en invoquant le nom de jeune fille de Camille :

— C'est Mme Just qui m'a donné le tuyau, elle semble pourtant bien vous connaître !

— Camille Just ? Ça alors, que devient-elle ? Je n'ai pas eu de ses nouvelles depuis notre commune adolescence, et cela me ferait bien plaisir de savoir... Est-elle mariée, où habite-t-elle ? Si vous l'avez rencontrée, dites-lui que...

Pas besoin de poursuivre, Camille a menti.

Presque. Pas tout à fait. Elle a eu besoin de se rac-crocher à un vrai nom, à une véritable figure du temps d'avant lui...

C'est en cela que résidait son erreur : les coupables en commettent toujours une, si ce n'est plusieurs... Si elle avait « tout » inventé, Pierre n'aurait pu avoir confirmation qu'elle n'avait pu se rendre à Bandol chez son ancienne amie Violette Meyrins, laquelle connaissait un ostéopathe génial, puisque ladite Vio-lette n'y habitait plus — et il n'aurait pas découvert le pot aux roses.

Non qu'il soit d'ordinaire soupçonneux, mais lorsque sa femme s'est remise à gémir, une main sur les reins, pas tout le temps, surtout lorsqu'il était dans les parages, pour finir par lâcher qu'elle devait retourner dans le Midi se faire à nouveau soigner, que le praticien en question lui avait d'ailleurs dit qu'il fallait au moins deux ou trois séances avant que la consolidation de son dos ne soit parachevée, le grand rêveur qu'est Pierre avait eu comme un flash !

Sa femme bien-aimée lui racontait des histoires.

Le coup de téléphone à Lyon, à Violette Meyrins, n'avait fait que corroborer ce qu'il pressentait.

Allait-il en parler à sa brune Camille dont les yeux violets le fixaient avec tant d'innocence quand elle lui avait déclaré :

— Je pars jeudi soir, comme ça l'ostéo pourra me recevoir vendredi, et je rentrerai dimanche ou lundi. Il paraît qu'il faut se reposer un peu après le traite-ment, avant de se remettre en route.

La phrase à retenir, l'importante, c'est qu'elle allait revenir.

Ça, c'était réconfortant, car Pierre l'aime, son épouse de quinze ans. Il ne saurait s'en passer et ne veut rien risquer.

Il va donc l'attendre tout en réfléchissant, et ten-ter de comprendre ce qui se passe. « Avec le sens de l'hypothèse que vous avez, lui avait dit son patron à l'université, vous pourrez faire une grande carrière dans la recherche, mon ami... »

Son maître de l'époque ne songeait sûrement pas,

ce disant, aux enquêtes conjugales. Mais c'est fou comme ça se ressemble, la recherche scientifique et l'investigation policière ! L'univers, comme les coupables, laisse traîner un petit indice, et les esprits qui ont le sens de la trouvaille — peu nombreux à chaque génération — s'en emparent, dévident l'écheveau, à ce qu'on dit, « inventent »... Alors qu'ils n'ont fait que remonter le fil jusqu'à la caverne d'Ali Baba, jusqu'au trésor.

Il va suivre celui qui le conduira au secret de Camille, mais sans tirer dessus, surtout pas ! Sinon, comme en science quand on veut aller trop vite en besogne, tout s'effiloche, s'embrouille, la réalité accumule des nuées de plus en plus sombres, jusqu'à l'orage.

L'ensemble est alors noyé, perdu, dissimulé : plus rien à espérer sur le terrain de la découverte.

Plus qu'à passer la main à un autre.

A propos : Pierre n'a nullement l'intention de passer la main à un « autre », si c'est de ça qu'il s'agit avec Camille ! Il est peut-être un rêveur, mais un rêveur réaliste ; il ne recule pas devant la réalité, quelle qu'elle soit.

D'ailleurs, s'il ne l'a jamais fait dans son métier, il ne va pas commencer dans sa vie privée. Surtout lorsque cela concerne son amour.

Si Camille pouvait le voir raisonner, cet homme qu'elle a pris pour époux — à l'aveugle, comme on fait le plus souvent —, avancer dans un dédale pour lui douloureux, travailler pour en sortir avec calme, sang-froid, délicatesse, elle le trouverait magnifique !

Tout en roulant de nuit sur l'autoroute A6, Alexandre tente de ne penser à rien. Qu'aux détails. A-t-il emporté les clés de la maison ? Oui, elles sont dans le vide-poche de la voiture. Suffisamment d'essence pour atteindre la dernière station-service avant la sortie pour Saint-Raphaël ? Il y refera le plein, ce qui lui permettra de ne plus avoir à s'en soucier, une fois là-bas, d'autant qu'il n'a pas l'intention de circuler beaucoup, pendant ces trois jours...

A-t-il laissé toutes les instructions et précisions nécessaires à Carole — sans trop forcer ? Le joindre uniquement sur la messagerie de son portable, qu'il va couper et qu'il consultera peut-être une fois par jour, et dans quels cas d'urgence le déranger.

Hélène aussi a reçu pour consigne de l'appeler sur la messagerie, si vraiment nécessaire. Pourvu qu'elle n'ait pas à le faire ! Il est déjà assez anxieux — coupable ? —, s'il doit au surplus s'inquiéter pour elle et les enfants...

Soudain, comme s'il sautait du coq à l'âne, il songe aux grands navigateurs, ou à ceux qui entreprennent l'ascension de l'Himalaya, la traversée des déserts d'Afrique, de la Sibérie, la marche au pôle Nord ou Sud... Est-ce qu'ils gardent leur portable à portée de main pour avoir des nouvelles de la coqueluche du petit dernier, ou se demander, du fait que leur femme ne retrouve pas sa carte bleue, s'ils ne l'auraient pas emportée par inadvertance ?

Non, ils sont réellement coupés de tout. Il faut dire que leur survie en dépend : ils doivent se concentrer sur chacun de leurs gestes. Qui sait d'ailleurs si ce n'est pas la raison majeure pour laquelle ces hommes ou ces femmes accomplissent des exploits qui plongent les autres dans la stupéfaction : rester totalement seuls avec eux-mêmes...

Bien sûr — Alexandre sourit à l'idée qu'on pourrait le soupçonner d'une telle prétention —, il n'est pas un champion de l'impossible, mais il poursuit le même objectif : être tout à lui-même et à rien d'autre. Concentré sur ce qu'il a à faire pour réussir son opération.

Quelle opération ?

Se retrouver dans l'état d'âme et de cœur où il était à l'époque de ses vingt ans.

Quel mal y a-t-il à ça ?

Si ce n'est qu'il lui faut accomplir cette remontée du temps en compagnie de la femme d'alors : Camille.

Est-ce dans une même quête de retour aux origines, à la pureté première, qu'elle lui a accordé ce rendez-vous ?

Pourvu que...

Non, il ne tient pas à aller au bout de sa pensée, et pourtant elle s'impose, médiocre, réaliste, apprise sur le terrain des affaires : et si, tout simplement, déçue par son mariage, elle espérait retrouver en Alexandre, dont elle a peut-être appris qu'il avait une bonne position sociale et financière, un partenaire pour refaire sa vie ?

Il est fou. Moche, même : Camille était le désintéressement personnifié, la rébellion de chaque instant, le refus des compromissions, l'excellence...

La Camille qu'il a connue ne peut pas s'être ainsi transformée en vulgaire intrigante.

Mais, si elle était si bien, pourquoi l'a-t-il quittée ?

Camille n'en revient pas de se retrouver dans le wagon-lit de ce qui fut autrefois le mythique *Train bleu*, un convoi hyperluxueux qui partait tous les soirs en fin de journée pour la Côte d'Azur, emmenant quelques élégants privilégiés mener la grande vie dans les palaces du Midi.

Bien sûr, la décoration des compartiments est moins exceptionnelle — elle s'inspirait à l'époque de celle du *Titanic*, en tout cas de son esprit, car les riches voyageurs méritaient le meilleur, ne fût-ce que pour épater les populations locales qui les verraient débarquer. Que sont devenues les marqueteries, les draps de lin blanc, les serviettes épaisses dans le somptueux coin-lavabo ? Tout est désormais fonctionnel, réduit au strict nécessaire, le luxe consistant à être seule, allongée, avec un chef de wagon sous la main. Ou presque ; l'homme en livrée lui a fait quelques recommandations peu rassurantes : bien fermer ses deux verrous, dissimuler ce qu'elle a de précieux, n'ouvrir à personne, et pour ce qui est du champagne il n'en a pas ! De peur, sans doute, que de petits délinquants ne l'attaquent pour lui rafler ses réserves de spiritueux...

Sans vraiment se déshabiller — elle enfile un jogging en velours-éponge —, Camille s'étend sur la couchette. Elle n'a guère envie de dormir et garde la veilleuse allumée, et comme elle n'a pas abaissé le store, elle voit défiler le paysage en bordure de voie qui va en s'assombrissant.

Quand ils prenaient le train, Alexandre et elle,

c'était en seconde classe, la nuit, et ils la passaient entièrement la tête sur l'épaule de l'autre. A faire bloc. Contre tout : les voisins, s'il y en avait, les odeurs parfois incommodantes, les cris des bébés, l'intrusion d'un contrôleur... Bercés par le bruit, les cahots, dans le sentiment profond — elle, du moins — qu'où ils dussent aller, ils iraient ensemble, toujours. Et que c'était un grand bonheur. Une chance inouïe.

Un jour, cette chance-là les a quittés...

Camille ne parvient pas à se remettre dans son état d'esprit d'alors : celui de la rupture. Car c'est elle qui est partie la première, faisant sa valise et désertant leur studio pour aller chez Violette, à l'époque une Parisienne, alors qu'Alexandre était absent pour trois-quatre jours seulement...

Mais c'était la première fois qu'il la laissait seule (et ce fut la dernière...). Elle avait voulu le lui faire payer : convaincue — elle se le dit maintenant — qu'il allait lui courir après, dès son retour à Paris, désespéré.

Or, il n'avait pas bougé.

Il l'avait laissée accomplir ce sacrilège : abandonner leur amour. Comme on fait d'un chien qui risque de vous encombrer dans votre nouvelle vie.

Avait-elle une nouvelle vie à l'horizon, à l'époque ? Non. Elle ne connaissait pas Pierre, ne pensait pas à tromper Alexandre ; en fait, ne s'intéressait à aucun autre homme.

Et lui ? Cette histoire de tante malade était-elle vraie ?

Tout le monde peut mentir, s'inventer des prétextes pour justifier un départ. Ainsi elle, aujourd'hui.

Aurait-elle perçu quelque chose de trouble dans la vie de son compagnon, en tout cas dans ses rêves, ses désirs ? Ils s'étaient juré qu'ils se diraient tout, et quand on est en train de faire ce genre de serment, on n'imagine pas qu'il s'agira d'avouer à l'autre des choses gênantes : qu'on a changé de cap, d'envies, d'amour...

On est convaincu qu'on sera éternellement les

mêmes, et que tout se dire consistera à confesser de bien innocents désirs, comme celui d'aller sur l'Atlantique.

C'est lui qui l'avait suggéré alors qu'ils pensaient ne pouvoir vivre que dans la sourde chaleur du Midi. Un beau jour, il lui avait dit :

— Je dois avoir une ascendance nordique, je rêve parfois de vagues, de mouettes, d'eau peu salée, fraîche, remuante...

Elle avait ri :

— On peut essayer, tu connais des endroits ?

— Sur la carte, oui...

Et Camille d'imaginer à son tour de grandes étendues de sable et d'eau avec des marées, des coquillages... Elle avait vu cette mer-là, une fois, à La Baule avec son père... La retrouver avec Alexandre ? On est toujours à la recherche de sensations anciennes, oubliées, quoique vivantes en soi... Sur la carte ils avaient relevé des îles... Imaginé d'y résider...

C'était un rêve fait à deux, tête contre tête, mais peut-être cette brusque envie d'une autre mer, sans qu'ils en fussent conscients ni l'un ni l'autre, préfigurait-elle un besoin de rencontrer d'autres êtres, dans un autre cadre, une autre vie, et peut-être est-ce parce qu'ils le ressentaient pleinement tous les deux qu'elle avait fait sa valise, en ce jour fatidique, et que lui, à son retour, l'avait sans protester ni réagir laissée s'enfuir... Ensuite ils s'étaient perdus de vue... Exprès ?

Une autre pensée se présente à lui : ils devaient être bien accordés, bien unis, pour avoir eu en même temps et sans même se concerter le désir de se séparer ! Se quitter peut-il aussi représenter un acte d'amour ? C'est le cas entre parents et enfants : pour que la vie devienne plus vaste, plus riche, on lâche les siens afin qu'ils aillent à la rencontre d'inconnus qui les attendent pour d'autres bonheurs... Entre amants aussi, la chose serait-elle possible ?

Alors pourquoi, maintenant, a-t-elle si follement envie de revoir son amant si facilement quitté ?

Jusqu'à en avoir... mais oui, Camille en a mal au ventre de désir.

Elle pose sa main sur cette partie d'elle où s'incarne le mystère des générations.

Et s'endort.

Un bruit de moteur monte de la route secondaire, mais la voiture ne tourne pas, continue son chemin. Puis c'en est une autre... La bonne ?... Pas encore... Camille n'en peut plus de guetter. Ne serait-ce que parce qu'elle se trouve ridicule dans ce rôle de sœur Anne qui n'était pas le sien, autrefois, vis-à-vis d'Alexandre, lequel savait ne jamais la faire attendre...

Elle retourne à l'intérieur de la maison, va dans la cuisine, choisit dans un compotier de céramique un des fruits qu'elle a apportés : prunes, brugnons, pêches... Mord dedans à pleines dents. Des rigoles poisseuses lui coulent en bas des joues : attention à ne pas tacher son T-shirt blanc ! Elle se penche sur l'évier, achève sa dévoration, se demande quoi faire du noyau... Fait couler de l'eau pour se nettoyer, et c'est alors qu'elle entend un pas résonner sur le carrelage...

Il est arrivé et, dans son impatience, elle l'a raté !

Non, puisqu'il est présent, et elle aussi. Mais elle ne l'a pas « vu » venir, et en quelque sorte ne s'y est pas préparée...

— Ah, te voilà ! s'exclame-t-il, joyeux. J'ai craint que tu ne sois pas arrivée, jusqu'à ce que j'aperçoive ton châle bleu. Il n'y a que toi pour laisser ainsi traîner un peu du bleu de tes yeux...

— Oh, tu sais, mes yeux !

Elle a soudain peur que ses yeux n'aient plus tout à fait le bleu-violet de sa première jeunesse, qu'il se soit éteint, délavé avec le temps...

Un pas de plus et ils sont dans les bras l'un de l'autre à s'étreindre, et c'est un soulagement que de ne plus s'entre-regarder en se détaillant mutuellement malgré soi : « Elle s'est encore arrondie ! » ; « Il a de l'estomac, évidemment, comme tous les hommes, passé quarante ans... » Tout en jaugeant le regard que l'autre porte sur soi : « Comment me trouve-t-il ? J'aurais peut-être dû mettre une robe plutôt qu'un pantalon... » ; « Elle a déjà dû s'apercevoir que j'ai pris du ventre... »

Mais, une fois qu'ils sont corps à corps, quel apaisement ! Yeux clos, cœur calmé, ni l'un ni l'autre ne se décident à parler. Pour se dire quoi ? Qu'ils sont bien ? Ça se sent, non ?

Histoire de montrer qu'elle n'a rien oublié, Camille est sur le point de lui sortir : « Tu as changé d'eau de toilette ! » Mais comprend à temps qu'il pourrait l'interpréter comme un reproche : « Tu as changé ! » et qu'il vaut mieux pas...

De son côté, Alexandre se retient de remarquer : « Avant, tu ne mettais pas de soutien-gorge... » Puis s'abandonne à ce qu'il éprouve vraiment : le sentiment d'être au port !

Camille — c'est la mère qu'elle est devenue qui parle — se rappelle qu'il vient de faire huit cents kilomètres d'une traite : « Tu n'as pas soif ? »

Alexandre saute sur le prétexte pour relâcher doucement son étreinte... Dans l'immédiateté où ils sont, chaque geste, chaque remarque pèse son poids. Il connaît la sensibilité de Camille ; la sienne aussi, par le fait...

— C'est vrai, je n'ai pas voulu m'arrêter sur l'autoroute et j'ai un peu soif...

Mon Dieu, elle n'a pas pensé à apporter des boissons ! Devine-t-il son désarroi ? Il la rassure :

— J'ai dû laisser quelque chose dans le réfrigérateur à mon dernier passage.

— Je ne l'ai pas encore ouvert.

— Allons voir !

Il la prend par la main pour l'entraîner devant le meuble blanc, l'ouvre.

138

— Tiens, il y a de la bière et du jus d'orange. Que veux-tu ?

— La même chose que toi.

Se voir tremper en même temps, avec la même avidité, leurs lèvres dans deux boissons identiques, les fait sourire, puis rire. Ils ne savent trop pourquoi.

— Dans quelle chambre couchais-tu quand tu es venue là ? s'enquiert Alexandre.

Parler chambre donc lit, n'est pas innocent. Tous deux le savent parfaitement.

— Dans la jaune avec la toute petite fenêtre qui ouvre sur la montagne.

— C'est celle que j'ai choisie pour être la mienne.

C'est étrange comme ils continuent d'avoir les mêmes goûts. Alexandre repose son verre, s'essuie la bouche du revers de la main. Se détourne comme s'il allait sortir de la pièce qui ouvre de plain-pied sur la cour. Demeure sur le seuil. Il a les mains dans les poches de son pantalon de toile grège. Il détourne la tête, la regarde par-dessus l'épaule :

— Tu sais quoi ? J'ai envie de dormir un peu...

Ah bon, il en a assez d'elle, déjà !

— Tu dois être fatiguée, toi aussi. On dort mal dans les trains. Tu viens ?

C'est la deuxième fois qu'il lui dit : « Tu viens » et qu'elle le suit sans protester, sans l'ombre d'une hésitation...

Ont-ils jamais cessé d'être ensemble ?

Au lit, nus, enlacés, couvertures rejetées — l'air est si tiède —, ils se sentent comme dans un sas. La chambre, tous volets clos au centre de la maison basse ceinturée de vignes, leur fait comme un cocon.

Ni elle ni lui n'éprouvent plus cette tension lancinante qu'on appelle le stress, quand muscles et nerfs n'en peuvent plus de s'arc-bouter contre l'environnement. Lequel, ici, pour eux, n'est que douceur.

Aucune guêpe, moustique ou mouche pour déranger leur douillet confort, troubler leur bulle de tranquillité et de retour au ventre.

Maternel, bien sûr.

Mais, comme les amants ne sont pas des fœtus — dommage, parfois !... —, ils vont se mettre à parler.

Alexandre commence. (Autrefois, la première pourfendeuse du silence, c'était plutôt elle...)

— Je ne sais même plus l'heure qu'il est !

— Et moi je ne sais plus ce que veut dire le mot « heure ». Ou « horloge »...

Tous deux, en se déshabillant, ont d'ailleurs eu le réflexe de se délester de leurs coûteux chronomètres. Ces petites machines qui vous mènent à la baguette de leur tic-tac et qu'ils ont déposées sur la tablette de la salle de bains où leurs mécaniques dûment programmées s'escriment à sonner pour personne les heures, demi-heures, quarts d'heure... Celui d'Alexandre a même eu le bon ou le mauvais goût de vouloir lui rappeler ses rendez-vous !

— Qu'est-ce que dit ta montre ? Que c'est l'heure de ton train... ? plaisante Camille.

— Tu sais bien que je suis en voiture... C'est toi qui vas reprendre le train : n'as-tu pas un billet dans ton sac ?

Alexandre l'a aperçu alors qu'elle ouvrait son portefeuille pour y replacer la petite photo qu'il venait de lui restituer... Elle a donc déjà pris son retour ?

Camille ne répond pas, se retourne sur le ventre — lui est sur le dos — et allonge son bras en travers de la poitrine de son amant. Ils sont flanc contre flanc, pieds et jambes mêlés. Un seul corps. Comme tout à l'heure où, sans qu'ils le décident, leurs respirations se sont accordées en même temps que leur rythme sanguin...

La mission reproductrice accomplie, on s'individualise à nouveau, on se sépare... Toutefois, la nature est prodigue : on recommencera, car elle sait qu'il faut beaucoup de graines pour que pousse un arbre, beaucoup d'étreintes pour que se conçoive un enfant...

La vie est avant tout gâchis. Dans lequel l'amour, et lui seul, parvient parfois à mettre un peu d'ordre.

— Est-ce que je t'ai manqué ?

— Je ne savais pas à quel point avant aujourd'hui...

— On est mieux qu'avant, non ?

— Moi je trouve que tout est pareil !

Camille rit de bonheur. Elle a envie de demander, pour qu'il démente : « Quand même, j'ai vieilli, non ? »

Mais elle se tait pour ne pas faire allusion, même indirectement, à ce qu'elle n'a pu s'empêcher de remarquer : Alexandre, quant à lui, est moins souple, moins rapide, moins endurant... Normal : vingt ans, ça compte dans une vie d'homme.

Mais il devine ce qu'elle pense : lui aussi s'est trouvé moins performant. Même si le plaisir était intense et s'il a su encore mieux le goûter.

— L'important, c'est qu'on soit ensemble.

— Tu te rends compte des coïncidences qu'il a fallu...

— Un miracle, en quelque sorte !

— Comment se fait-il que tu aies eu en même temps que moi envie de revoir le Midi ?

— Et qu'on ait appelé la même agence ?

— Qui nous a proposé la même maison !

— Tu crois qu'on était téléguidés ?

— Sûrement. Par l'amour !

Jusque-là, aucun n'avait prononcé le mot.

— On ne peut pas s'échapper ?

— Non.

« On est même piégés ! » se dit Camille.

Mais, au lieu de s'écarter de lui à cette idée, elle resserre encore son étreinte, se blottit comme si elle lui demandait son aide. Sa protection. Contre elle-même, d'abord

Puis, très vite, contre toutes les images qui surgissent d'elles-mêmes : Pierre, Anna, Gilles... Que vont-ils devenir ?

Alexandre niche sa figure dans son cou pour y respirer son odeur... Un geste qu'il avait autrefois : « Tu sens le lait... », finissait-il par dire. L'odeur du tout premier plaisir...

— Tu sens toi, lui dit-il aujourd'hui.

Et sa femme légitime, elle sent quoi ?

Camille a un coup au cœur en découvrant qu'il n'y a pas que les images des siens qui viennent de faire irruption dans la chambre pour tourbillonner autour de leur lit... Il y a aussi celles d'Alexandre et de sa femme, de ses enfants. Soudain, elle perçoit forte-ment leur présence, même si leur figure demeure floue...

Comment les chasser pour revenir à l'état de béa-titude précédent ?

Plus on est proche d'un autre, moins on possède de défenses contre ces ennemis intimes que sont la jalousie, le désir d'être la préférée, la mieux-aimée ; sinon la seule... Et devoir constater qu'on ne l'est pas, qu'il faut partager, est une douleur terrible. Qui ren-drait criminel. Oui, si elle avait une carabine à portée de main, elle pourrait tirer contre ces figures imaginaires qui viennent de pénétrer sans difficulté au plus secret de son cœur.

— Tu n'as pas un peu faim ?

Oh que si, Camille a faim !

De vengeance, pour commencer, contre cette femme qui lui a volé Alexandre et qui a osé lui fabriquer des enfants...

Elle va manger pour avoir plus de forces au combat ; elle jaillit du lit et lance un regard féroce à cet homme qui a le tort de ne pas être tout à elle. Comme il savait l'être autrefois !

En plus, l'autre femme le lui a quelque peu abîmé, défraîchi... Ce qui la console en partie : elle, Camille, a eu le meilleur d'Alexandre, sa prime jeunesse, quand il était encore inentamé. Elle pourrait peut-être abandonner ce qu'il en reste à sa rivale ?

Non ! Parce que cet homme est à elle et qu'elle va le reprendre...

Elle sent qu'elle le peut.

— Tu ne veux pas qu'on aille à un restaurant du port ? Il n'y a rien à manger ici... J'ai envie de poisson, de vin rosé...

Camille vient d'entrer dans la furie de l'amour possessif, jaloux, exclusif...

Alexandre, lui, ne voit qu'une chose : le regard bleu-violet qui étincelle et le tient sous son faisceau...

Comment a-t-il fait pour s'y soustraire au cours de toutes ces années ? Mais peut-être est-il resté sous son empire, fasciné, comme hypnotisé ? D'où sa réponse à la tentatrice :

— Je dévorerais la Terre entière, en ta compagnie !

D'habitude, Carole ne communique pas avec son patron durant le week-end. Le vendredi, elle quitte souvent le bureau avant lui — sauf quand il a un rendez-vous à l'extérieur. Il l'appelle alors avant de rentrer chez lui, sur son portable si elle est déjà en route pour chez elle, afin qu'elle lui donne les dernières nouvelles du bureau, s'il y en a. Ensuite — sauf cas exceptionnels — c'est le silence jusqu'au lundi matin.

Toutefois, la communication n'est pas interrompue : Carole sait où il est, où le joindre éventuellement — et lui encore plus : si jamais elle part pour les deux jours voir ses parents, ou bien avec un copain, elle lui laisse tous ses numéros. « Si vous avez besoin de moi, n'hésitez pas... », ainsi conclut-elle son au revoir du vendredi soir.

Comme ça, Alexandre ne se sentira pas abandonné par son assistante — et elle non plus, par le fait.

Carole apprécie plus qu'elle ne l'imagine ce lien continu, sans ruptures, qui s'est institué entre elle et son patron. Toutefois, les distances sont respectées : si Alexandre la taquine de temps à autre, se tient au courant de sa santé, de ses petits problèmes quand elle en a, Carole ne se permet aucune familiarité à son égard tout en étant totalement au fait de ses préoccupations.

Elle sait qui est chaque client, ce qu'Alexandre en attend, en pense, et elle devine ses arrière-pensées — faculté qu'il apprécie sans le lui dire — lorsqu'il mène un jeu serré. Une connivence à l'insu de ses autres collaborateurs, et, bien entendu, de l'interlocuteur du moment. Sans doute aussi d'Hélène, sa femme.

Il devrait y avoir un mot pour désigner ce style de rapports qui s'établit parfois d'emblée entre un employeur et sa secrétaire : tous deux finissent par former un couple qui n'empiète en rien sur celui que cet homme peut former avec son épouse ou sa compagne. (Quand le patron est une femme, que son aide soit de son sexe ou de l'autre, c'est encore une autre histoire...) L'entente est d'une nature différente, ne serait-ce que parce que la secrétaire est rémunérée pour ses services... Mais si l'on va par là, les hommes qui ont recours à des prostituées, payées elles aussi, considèrent de même que leur épouse ne saurait être en rien lésée par les prestations sans lendemain que leur fournissent d'adroites techniciennes. Chacun son métier, en quelque sorte.

Toutefois, à tort ou à raison, une secrétaire ne peut s'empêcher d'estimer qu'il s'instaure une certaine complicité entre son patron et elle vis-à-vis de sa femme. Ne serait-ce que parce qu'il lui demande de temps à autre d'appeler chez lui pour confirmer l'heure de son retour ou la retarder, au contraire, en disant : « Je compte sur vous pour expliquer les choses à Hélène... » Ce qui signifie : pour être diplomate, c'est-à-dire mentir un peu...

Parfois, Carole se trouve dans le rôle, dont elle ne s'avoue pas à quel point il est délectable, d'objecter à Hélène que non, elle ne peut pas lui passer Alexandre — dans ce cas, elle l'appelle « Alexandre » — parce qu'il est en réunion, en conférence, in-tou-cha-ble...

— Mais vous ne pourriez pas lui dire quelque chose de ma part, c'est important, cela concerne le dîner de ce soir...

— Je vais voir ce que je peux faire...

Car Carole, pour ce qui est d'elle, a toujours le droit d'appeler sur la ligne qui est plus que directe : secrète, sans crainte d'interrompre n'importe quel dialogue.

Privilège délectable, non ?

146

Alors pourquoi, aujourd'hui samedi, la jeune femme n'a-t-elle aucune idée de ce qu'est devenu Alexandre ? Le « boss » lui a seulement laissé entendre d'un ton distant qu'il serait sans doute injoignable jusqu'à lundi.

Prenant pour prétexte — alibi ! — qu'elle aurait quelque chose à lui communiquer à propos de la réunion du mercredi suivant, Carole se permet d'appeler chez lui — pour découvrir qu'Hélène est là et ne sait rien, elle non plus, de la destination de son époux !

Elle a même l'air surprise, Carole le perçoit à sa voix, d'apprendre que sa secrétaire ignore également le pourquoi d'une absence qu'il lui a présentée comme d'ordre professionnel !

« Ai-je commis une gaffe ? se demande Carole en raccrochant. Eh bien, tant mieux ! Elle lui fera une scène à son retour, ce sera bien fait, ça lui apprendra... »

Car elle, Carole, ne peut pas se permettre d'interroger Alexandre sur ses allées et venues ni sur les raisons de son silence — de ses cachotteries ! Alors qu'Hélène le peut. Pour une fois, la jolie petite châtain et la grande blonde sont en parfait accord, pour ne pas dire de mèche à propos de leur fugueur.

« Leur » homme les a abandonnées toutes deux ! Un vrai crime de lèse-féminité...

Et pour qui, s'il vous plaît ?

On dit que les animaux — les chiens, par exemple — n'ont pas le sens du temps et que trois jours ou six mois, pour eux, seraient la même chose.

Ce qui est encore plus certain, c'est que le corps, le corps animal, le corps sexué, mais aussi le corps tout court, ne l'a aucunement, ce sens de la durée... Le mal que l'on a fait à un bébé reste inscrit dans ses cellules et engendrera chez lui tous les troubles de l'adulte.

Le plaisir reste aussi inaltéré que la souffrance dans la mémoire du corps.

Camille et Alexandre, au lit dans les bras l'un de l'autre, ont soudain le sentiment qu'ils n'ont jamais cessé de se faire l'amour. Et c'est une étrange expérience... Ainsi, tous ces jours, ces semaines, ces années, ces nuits l'un sans l'autre n'auraient rien changé ? Leurs mains se souviennent, et leurs pieds, leurs jambes, leurs narines aussi, qui respirent l'odeur de l'autre — celle qui, autrefois, parmi toutes, signifiait sexe.

Le poids, peut-être, est différent, et puis Alexandre, moins souple, grimace dans certaines positions, mais le ventre, lui, est bien le même. La même « pointure », si l'on peut dire, et quand on parle de deux moitiés d'orange qui s'emboîtent, c'est un doux euphémisme...

Car c'est dans le ventre, entre les deux ventres, celui de la femme et celui de l'homme, que se scelle l'accord. Durable. Définitif.

Camille n'a pas à *se donner*, comme on dit dans le

langage de l'amour physique, une notion que seules les femmes peuvent comprendre, avec lui elle est d'avance offerte.

Cela ne signifie pas seulement qu'elle écarte les jambes : l'ouverture va bien plus profond, favorisée par des sécrétions qui n'ont certainement pas lieu d'être entre partenaires qui ne savent que faire jou-jou avec le sexe.

Là, Camille perd le sens de l'espace, du lieu, de l'heure, de ses limites — qui fait que les gonades de l'un et de l'autre trouvent leur chemin sans encombre, avec facilité ; et si un enfant devait en résulter, ce ne serait point un accident qui l'aurait engendré, mais une communion de cette matière d'ordinaire si opaque, si pesante, pour ne pas dire si dégoûtante : la chair.

Pour ce qui est du plaisir, il est à la mesure de ces « accordailles » — comme on nommait autrefois les fiançailles : mot tombé en désuétude faute d'encore servir...

Là, entre Camille et Alexandre, il retrouve son plein sens : celui de fête.

S'il était possible de décrire avec justesse le bonheur dans le sexe, beaucoup l'auraient fait parmi nos seigneurs de la prose ou de la poésie... Or, ceux qui s'y sont aventurés n'ont pu que l'évoquer, dérapant aussitôt sur la tendresse, la beauté, ou cette mise en esclavage mutuelle que l'on nomme l'érotisme.

Lorsqu'on n'y est pas soi-même, ni l'imagination ni le regard ne suffisent, et qui verrait ces deux-là s'aimer n'y trouverait pas son compte de voyeur, mais refermerait les rideaux de l'alcôve...

Seuls des amants heureux savent ce qu'il en est de leur amour.

« Comment ai-je pu m'abaisser à faire une chose pareille ? » se lamente Hélène en se contemplant dans la glace de sa salle de bains. Car ce qui l'étonne plus encore que l'épisode — à ses yeux déplorable —, c'est que rien ne s'en lise sur son visage.

Il lui semble même que cela fait longtemps qu'elle n'avait pas eu la peau aussi lisse, ni ce teint frais et rosé, à la limite de l'impudence...

Quant à son corps, elle l'éprouve comme délassé ! Souple, détendu, trouvant de lui-même des pauses gracieuses... A dire vrai provocatrices, bien qu'aucun mâle, depuis le départ d'Etienne Froste, ne se trouve plus dans les parages.

Elle a beau se morigéner, battre sa coulpe tout en se répétant que tout s'est passé contre son gré, quasiment à son insu, du fait d'un trop d'alcool, quelque chose en elle n'arrive pas à regretter ce moment d'abandon comme elle n'en avait pas connu depuis des années. Oui, il y a longtemps qu'elle ne s'est pas livrée à une telle... faut-il dire « orgie », « débauche », « coucherie » ?

Moche, en tout cas.

Qu'y a-t-il de plus médiocre que de coucher avec son patron en profitant de l'absence de son mari... ? Et dans l'appartement conjugal ! (Il fallait bien garder les enfants, et puis cela n'était pas prévu, ils devaient juste prendre un verre, Etienne tenait à lui faire goûter une certaine vodka dont l'un de ses clients — russe ou polonais, elle ne sait plus — lui avait offert un flacon.)

— La vodka est, avec le whisky, l'alcool le moins nocif qui soit pour l'organisme... Vous allez voir, Hélène, vous vous réveillerez demain sans le moindre mal de tête, fraîche comme la rose que vous êtes...

Et c'est vrai !

Ni migraine, ni nausée, rien pour lui rappeler qu'elle a trompé Alexandre ! Sauf sa conscience... Et un intense sentiment de culpabilité : comment a-t-elle pu prendre autant de plaisir avec ce vieux, ventripotent, sûrement libidineux, qui a si bien abusé de la situation ?

Avec talent ! Non seulement elle lui a cédé, mais elle croit se rappeler qu'elle a crié : « Encore... », ou « Continue... » Offerte, jouissante, béate. Tandis que lui, vautré sur elle, ne cessait de répéter : « C'est bon, que c'est bon ! »

Le pire, c'est que rien qu'à repenser à certains instants de cette nuit, passée moitié sur le divan, moitié sur la moquette, elle sent quelque chose de son corps — en fait, son bas-ventre — s'émouvoir à nouveau...

Alors que, du côté de sa tête, c'est la fureur, le refus, la honte... doublés d'une terrible incertitude : doit-elle avouer à Alexandre ce qui s'est passé ?

Ce sera pour lui comme un coup de tonnerre.

Comment réagira-t-il ? Va-t-il la battre, la tuer peut-être ? Ou alors la chasser... ? Car c'est intolérable : la mère de ses enfants, la douce, la fidèle Hélène se roulant sur le tapis avec une vieille connaissance, après boire, sans scrupules et y prenant ma foi le plus grand plaisir !

Qu'elle ait pris plaisir à ce quasi-viol, elle n'a pas besoin d'en faire l'aveu. Elle peut invoquer une défaillance, une perte de conscience due à l'ivresse provoquée par une boisson inconnue, aussi l'état de dépression où l'ont laissée l'absence d'Alexandre et le manque de nouvelles. Après tout, son mari ne l'a pas appelée depuis deux jours... Contrairement à leur habitude, devenue à la longue une sorte de convention : pas de séparation entre eux sans coup de téléphone quotidien.

Puis, Hélène s'aperçoit qu'elle essaie subtilement — cela aussi est moche ! — de faire porter une part de la responsabilité de sa faute à Alexandre !

C'est quand même le comble de la mauvaise foi : après quinze ans de mariage, son mari devrait pouvoir la laisser deux jours sans qu'elle se ressente comme abandonnée et se conduise en fille perdue... !

En profite, en réalité ! Qui sait si elle n'attendait pas l'occasion depuis longtemps ? Pour qu'elle ait si vite cédé — en fait, au premier geste vers elle qu'a fait Etienne —, il fallait qu'une partie d'elle-même le souhaite, et ce depuis longtemps.

Il est vrai qu'elle avait assisté à ses jeux de séduction auprès de certaines de ses plus appétissantes clientes. Hypocritement, elle voulait se convaincre que cela faisait partie de ses arguments de vente : séduire pour pousser à l'achat ! Mais elle l'avait vu aussi passer en coup de vent avec à sa suite une assez jolie fille de type mannequin — dépourvue de parole, mais pas de silhouette : « Ma petite Hélène, vous n'avez pas besoin de moi cet après-midi, n'est-ce pas ? Alors je vous laisse la boutique ; à demain... Ne concluez quand même rien d'important sans m'appeler sur mon portable, je ne répondrai peut-être pas, mais la messagerie prendra... »

Sa messagerie à elle avait très bien capté ce qu'il entendait par là : « Je vais m'envoyer cette fille, faites au mieux pendant ce temps-là ! »

Choquée ? Pire : jalouse...

Aujourd'hui, elle le reconnaît. Comment se faisait-il qu'Etienne lui préférât cette espèce d'asperge — de légume ! — en la laissant faire tapisserie derrière un bureau ?

Car, jusqu'à la veille, en dehors de quelques compliments stéréotypés, jamais son patron ne s'était permis la moindre parole déplacée à son égard, ni n'avait a fortiori osé la plus petite avance. Ce qui fait que lorsqu'il lui a sauté dessus, quelque chose en elle a dû se dire : « Enfin, il m'a remarquée, pas trop tôt ! »

Comme si elle était en manque, côté hommages, avec un mari qui l'adore, la respecte, la vénère même !

Hélène n'arrive pas à se comprendre.

Encore moins à élaborer ce qu'elle va bien pouvoir dire à Alexandre pour se justifier. Qu'elle avait besoin d'être rassurée ? Après tout, elle vieillit et elle commençait à s'inquiéter par rapport à lui : suis-je encore assez belle, assez bonne pour toi ? Ne vas-tu pas, un de ces jours, t'en chercher une autre, plus fraîche ?

Il faudrait qu'elle décide de ce qu'elle va lui dire avant son retour, fixé à ce soir. Toutefois, une décision encore plus urgente se pose d'ici là : doit-elle ou non aller travailler au magasin d'antiquités où elle risque de se retrouver face à Etienne ?

Et que lui dira-t-elle ?

Tomber malade serait peut-être la meilleure des solutions, l'alibi irréfutable... L'ennui, c'est que, malade, elle ne l'est pas du tout. Hélène se sent au contraire en pleine forme !

« Je m'en fous ! Ce que je m'en fous ! » marmonne Carole lorsqu'elle sort du bureau d'Alexandre.

Cet air rêveur qu'il arbore désormais, cette absence d'attention à son endroit — il ne remarque plus ses changements de toilette, ne la taquine plus pour un rien, comme il en avait l'habitude —, ces coups de téléphone sur son portable comme s'il craignait d'utiliser sa ligne... Il est vrai qu'elle pourrait écouter, en se servant d'une certaine touche, et qu'il doit le savoir...

Il la trompe ! C'est évident.

Elle devrait dire : « Il *nous* trompe », elle et Hélène.

Et cela ira jusqu'où ? Difficile à pronostiquer, car il travaille très bien, très fort, plus que jamais, même... Comme s'il voulait... accumuler du bien ? se faire pardonner quelque chose ?

154

Certains après-midi, il disparaît pendant deux ou trois heures, injoignable sauf sur la messagerie du portable. Une fois, elle a cru comprendre qu'il allait voir son notaire, mais tout de même, il n'y va pas deux fois par semaine ! ?

Et alors, ce ne sont pas ses affaires ?

« Je m'en fous, ce que je m'en fous ! » se répète Carole, exaspérée.

Elle a bien Kevin, dans sa vie, ce « jules » que toutes les filles se doivent de posséder, à défaut de quoi elles passent pour des prudes ou des godiches... Mais Kevin ne la fait pas rêver.

Alexandre, si. Lorsqu'il arrive au bureau en dénouant sa cravate, le pas large et nonchalant, fleurant bon l'iris, Carole chancelle.

Il a rajeuni, en plus !

A cause de qui ? Quelle est la chanceuse qui renforce ainsi son charme ?

Une jeunesse, sans aucun doute...

Alors pourquoi pas elle, Carole ?

— S'il te plaît, tu peux faire attention à ma robe ?
Tu vas la froisser et je n'en ai qu'une ici...

Alexandre, qui s'apprêtait à déposer son pantalon
sur le fauteuil d'osier, seul meuble de la chambre en
dehors du lit et d'une commode, reste le bras tendu.
Perplexe, ne sachant que faire de son vêtement, il le
jette à terre.

— Mais voyons, Alexandre, il va se salir, à même
le carrelage ! Va l'accrocher dans la salle de bains, il
y a des cintres. Ou alors dans l'armoire...

Comme un petit garçon à qui l'on inculque les
bonnes manières, Alexandre fait ce que la voix féminine lui enjoint : il va suspendre son pantalon en
veillant aux plis ! En même temps, son cerveau travaille à vive allure sur plusieurs pistes à la fois :
jamais Hélène ne lui dirait ça ! Elle respecte sa
liberté de gestes, connaît sa fatigue, range derrière
lui si besoin est, et, de toute façon, ne fait pas de
l'ordre une notion capitale.

Camille ne s'en souciait pas non plus, autrefois.
Que lui arrive-t-il ? D'autres menus détails ont alerté
Alexandre depuis vingt-quatre heures qu'ils vivent
ensemble sans se quitter. Il a fallu refaire le lit après
qu'ils se sont levés, rincer tout de suite les verres uti-
lisés et les remettre dans le placard, replier les
chaises longues le soir... Pourquoi pas ? Mais c'était
requis, et même exigé, comme s'il s'agissait de
quelque chose de vital.

Ce qui provoque chez Alexandre un léger agacement... En fait, un éloignement. Autrefois, n'allaient-

ils pas du même pas, du même rythme ? Il ne se souvient pas d'avoir surpris la jeune Camille en train de... faut-il dire ranger... le surveiller... ou, plus abruptement, se conduire en vieille fille ?

Une femme mariée, mère de deux enfants, tout juste quadragénaire, ne saurait se comporter ainsi en adepte de l'ordre à outrance.

Perçoit-elle sa perplexité ? D'une voix enjouée, elle cherche à s'excuser :

— Quand on a un mari, deux enfants, et qu'on travaille par-dessus le marché avec des médecins, on prend l'habitude de faire en sorte que tout soit à sa place... Sinon, que de temps perdu pour retrouver ce qu'on cherche !

Alexandre a lui aussi deux enfants, une femme, un lourd bureau à gérer, et mille choses en tête... Or, il n'a pas le sentiment de râler quand il n'a pas ce qu'il lui faut sous la main parce que l'un de ses proches s'en est emparé ou l'a déplacé... Il devrait demander à Hélène, et aussi à Carole ce qu'il en est exactement pour lui !

Ce n'est pas le moment, et, après tout, à chacun son tempérament.

Et aussi sa façon de vieillir.

Mais si aimer, c'était s'en accommoder ?

Hélène y parvient sûrement, puisqu'elle ne lui reproche rien dans son comportement quotidien ; lui non plus, s'il y songe. C'est d'ailleurs la première fois qu'il s'en aperçoit. Et aussi qu'il pense à elle depuis qu'il a retrouvé Camille.

Sa belle aux yeux violets...

Quand elle lui tend les bras, comme maintenant, il oublie aussitôt ce qui le déconcerte et tout ce qui n'est pas eux. Il n'y a plus que leur bonheur sur fond de cigales et de senteur de pins. Dans la complète nudité que favorise la constante tiédeur de l'air.

Que c'est bon d'être jeune à nouveau et cette fois de le savoir !

Tout homme qui accorde à une femme, ne serait-
ce que sur le plan professionnel, quelque avantage ou
privilège que ce soit, se met en danger.

Car la bénéficiaire ne supportera pas de s'en voir
brusquement privée, surtout au profit d'une autre !
Fût-ce tout à fait légitimement, et l'homme en question se considérant comme parfaitement dans son
droit !

Mais la femme — est-ce dû au « manque » fonda-
mental qui caractérise le sexe féminin ? — est jalouse
par nature... Une carence la pousse aux extrêmes.

C'est ainsi que Carole, blessée de ne pas savoir où
est passé Alexandre — s'il le lui avait dit, elle serait
sans doute demeurée tranquille —, n'a de cesse
qu'elle ait découvert le pot aux roses.

Après avoir bien ruminé les événements des dernières semaines au bureau, additionné deux et deux
— ce qui, en l'occurrence, se révèle le chiffre oppor-
tun —, la petite futée, la folle jalouse en conclut qu'il
n'y a qu'une explication à la disparition du « boss » :
il se trouve dans sa nouvelle maison du Midi. Avec
une femme.

Une autre femme que la sienne !

Ce qui, puisqu'il ne lui en a pas fait la confidence,
lui paraît proprement inadmissible. Révoltant. Et
réclame châtiment.

Et de saisir son téléphone pour rappeler une
seconde fois Hélène.

Bien sûr, Carole prend là un risque, ce qu'elle
n'ignore pas : lorsque Alexandre saura qu'il a été

trahi par sa secrétaire, celle-ci ne pourra que valser !
Tant pis : être dans les secrets d'un homme depuis
deux ans pour s'apercevoir qu'il vous tient à l'écart
de l'essentiel de sa vie est inadmissible ! Plutôt le
chômage...

D'autant qu'on peut toujours espérer que, pris
dans une tempête conjugale, il songe à tout autre
chose qu'à balancer sa collaboratrice. Laquelle peut
aussi mettre son acte au compte d'une conscience
professionnelle exacerbée. Et de son incapacité à
imaginer son patron, en qui elle a la plus grande
confiance, dans une situation irrégulière...

Quoi qu'il en soit, la voici s'imaginant qu'elle inter-
roge Hélène, le dimanche matin, pour savoir si elle
n'aurait pas reçu des nouvelles d'Alexandre.

— M. Fournier est parti si vite qu'en révisant mes
notes, je me suis aperçue que je n'ai pas eu le temps
de lui rappeler un rendez-vous de la plus extrême
importance pour lundi après-midi... Or, j'ai cru comprendre qu'il ne rentrait que mardi ?

— C'est ce qu'il m'a laissé entendre, en effet...

— C'est bien ennuyeux. Je ne sais quoi faire.
Prendre sur moi de décommander les participants à
la réunion ? Mais si M. Fournier se souvient soudain
de ce rendez-vous et qu'il rentre à point nommé, il
se fâchera contre moi et il aura raison... Où le
joindre ? Peut-être dans la maison...

— Quelle maison ?

— Eh bien, celle qu'il vient d'acquérir dans le
Midi, vous savez bien, près de Bandol...

Hélène n'est pas au courant, ce que Carole n'ignore
pas. Quelle revanche, si elle pouvait lâcher la vérité
par bribes à l'épouse, en feignant l'étonnement, puis
la confusion...

Peut-être vient-elle de commettre une gaffe par sa
révélation prématurée ? M. Fournier entendait sans
doute faire la surprise de cet achat à sa femme à
l'occasion de leur anniversaire de mariage, lequel est
proche, d'après son agenda — et voilà, sotte, qu'elle
vient de tout gâcher !

160

Mais, maintenant que c'est fait, autant en tirer parti et...

— Et quoi ?

— Eh bien, tâchez de le joindre là-bas...

— Vous avez l'adresse ?

— Oui, bien sûr, mais je n'ai pas le numéro de téléphone. L'agence immobilière l'a peut-être ? S'il ne répond pas, on doit pouvoir envoyer un télégramme...

Elle aurait pensé à tout !

— Et si ça ne répond toujours pas, ajouterait la petite garce, l'une de nous deux peut y aller : en avion, cela ne prend que quelques heures.

Et de se proposer ! Cela l'amuserait tant de surprendre son « boss » au lit avec une autre que sa femme... Elle se voit déjà mimant la plus extrême confusion !

Au fond, elle aurait dû continuer à prendre des cours de théâtre au lieu de se reconvertir dans le secrétariat de direction. Elle est douée, c'est sûr :

— Voulez-vous que j'y aille, madame ?

Mais il vaudrait mieux que ce soit l'épouse offensée qui s'en charge... Et si cela devenait sanglant ? L'autre risquerait de lui faire la peau...

Non, décidément, Carole ne téléphonera pas à Hélène.

On dit qu'un coupable ne peut s'empêcher de laisser des traces, de revenir sur les lieux de son crime... C'est ce que fait Camille sans le vouloir ni même s'en rendre compte. Pour avoir des nouvelles des siens, elle téléphone d'une cabine afin de ne pas utiliser son portable aux yeux et aux oreilles d'Alexandre. Prétextant le besoin de quelque produit pharmaceutique, elle se rend seule dans une officine où elle sollicite — on est entre professionnels — la faveur de joindre son cabinet médical. Ce qu'on lui accorde volontiers.

En fait, elle appelle chez elle à l'heure où elle sait ne s'y trouver que la femme de ménage.

— Tout le monde va-t-il bien ?

— Tout à fait bien ; et madame, ça va aussi ?

— Très bien, je suis chez une amie, dans le Midi, du côté de Bandol, et je reviens lundi soir... Pouvez-vous laisser le message lorsque vous partirez ?

Ce dont Pilar s'acquitte bien volontiers en y adjoignant quelques savoureuses tournures de son cru.

« Tiens, se dit Pierre, le soir, en lisant le billet, heureux que Camille parle de son retour. (Aurait-il nourri quelque angoisse à ce sujet ?) Je parie qu'elle va persévérer dans son mensonge et me reparler de cette Violette Meyrins qui doit plutôt être un Victor ou Vladimir quelque chose... »

Car le chercheur scientifique est lui aussi convaincu qu'on ne saurait dissimuler totalement, à moins d'être agent secret, et que si Camille se dit à Bandol avec une dame dont le prénom commence par un V, c'est qu'il doit y avoir un zeste de vrai dans son histoire, ne serait-ce que cette initiale !

Aucun de leurs amis ou connaissances masculines ne pouvant être l'accompagnateur en V — Pierre va jusqu'à vérifier, pour certains —, il fallait songer à une rencontre fortuite. Une brusque dérive.

Hors du temps...

Sur ce point précis, Pierre « brûlait ».

Mais il n'alla pas plus loin dans ses hypothèses et ne se dit pas que Camille avait pu partir avec un revenant ; sinon, il aurait peut-être songé à Alexandre. Il est vrai que, lors de leur rencontre, Camille lui en avait à peine parlé, ne voulant pas que son souvenir s'impose en tiers dans son nouveau couple, le solide, le vrai, le seul, celui qu'elle comptait former avec Pierre.

De toute façon, même s'il lui était venu à l'idée que sa femme avait pu repartir avec un « ex », comme on dit maintenant, Pierre n'aurait su où le chercher, ignorant son nom de famille. Camille avait toujours omis de le mentionner, se contentant de parler d'un certain Alexandre, dit « Alex ». Pour mettre en valeur sa vertu en laissant entendre que, loin d'avoir couru d'aventure en aventure, elle avait sagement vécu auprès d'un seul et unique jeune homme — en l'attendant, lui, le bon — dont elle s'était tout naturellement séparée comme tombent les feuilles en automne. En l'occurrence, plutôt les fruits encore verts du printemps, ce qui arrive lorsque l'arbre choisit ce qu'il mènera jusqu'au mûrissement ou pas.

En fait, ledit Alex n'avait pas constitué une erreur, mais un essai parfaitement mené à son terme, lequel se devait naturellement d'être court.

Tandis qu'avec lui, Pierre, surtout depuis la naissance de leurs enfants, aucun désistement n'apparaissait possible.

Dans ces conditions, comment aurait-il pu soupçonner un éventuel retour de flammes du passé ?

Pierre craignait plutôt quelque chose de l'ordre du démon de midi — bien qu'on n'en voie guère chez les femmes —, une soudaine envie de nouveauté pour se rafraîchir l'haleine, les sens — et, dans ce cas, un jeune homme !

Là, le choix était vaste, car leurs amis avaient presque tous des fils en âge de se laisser séduire par une belle personne aux yeux bleu-violet, de l'âge de leur mère... Du fait de la majorité ramenée à dix-huit ans, un tel rapprochement ne peut plus être considéré comme délictueux — seulement délicieux !

Et pas du tout dangereux.

Car plus Pierre réfléchissait dans ce sens-là, plus il en concluait qu'il ne pouvait s'agir que d'une passade, une brève rencontre. Quand revenait le tarauder, pernicieuse, l'idée que c'était la seconde fois que Camille disparaissait hors champ, sans révéler à personne ni où ni avec qui, allant même jusqu'à mentir, elle, l'incorruptible, il se disait que, cette fois, puisqu'elle n'avait parlé que d'une absence de trois jours, il ne pouvait s'agir que d'un adieu.

De donner congé.

Proprement.

Pensez, avec un type si jeune, il faut prendre des précautions afin de ne pas le désespérer. Il le voyait presque, l'objet du délit : à peine poilu, la voix trop haute, collant comme du papier-mouches, ou au contraire jouant les détachés, les faux durs, imbuvable !

Et c'est pour ça qu'elle ne lui disait rien, la pauvrette : elle avait trop peur que son mari se moque d'elle...

A son retour maintenant proche, quand elle finirait par tout lui avouer, il la féliciterait, au contraire, d'avoir su mener à bien, sans lui, ce qui, après tout, n'était qu'une affaire banale...

Comme les hommes en ont tous un jour ou l'autre !

— Cela t'est donc arrivé à toi aussi ? le consolerait-elle.

— A vrai dire...

Fallait-il qu'il excipe de la vérité en relatant l'une de ses rares escapades, quelque tentation sans suite au cours d'un congrès à l'étranger, ou qu'il s'invente une échappée en forme de fabliau ? Ce qui lui permettrait de l'assortir d'une morale, comme celle de la fable de La Fontaine sur les pigeons qui s'aimaient d'amour tendre, faussement voyageurs et qui, en fin de compte, préfèrent le retour au nid à tout autre envol ?

Le sujet méritait réflexion. Et la réflexion présentait cet avantage que, pendant que Pierre élaborait son plan, tricotait maille à maille ses rets pour rattraper sans dommage son infidèle, il ne s'angoissait pas à l'idée qu'il était peut-être en train de la perdre, que Camille se trouvait bel et bien dans les bras d'un autre amour.

De l'amour.

Se réveiller à deux dans une maison isolée, qu'on soit le matin ou après la sieste, c'est comme se trouver sur une île déserte : ce peut être l'angoisse ou l'enchantement...

Camille rouvre les yeux la première, comme souvent les femmes devenues mères, habituées qu'elles sont à s'inquiéter des nouveau-nés, des enfants en âge scolaire —, une alarme implantée en elles pour ainsi dire jusqu'à la fin de leurs jours.

Cet homme qui respire contre son flanc... Non, elle ne se trompe pas, ne confond pas, ce n'est pas Pierre, c'est un autre, plus charnu, plus lourd, plus calorique en somme... Elle aime cette chaleur qui rayonne, s'en rapproche encore, se blottit.

Rester là, protégée, protégeante — à ne rien imaginer.

Car si elle commence à penser aux gestes à faire, à laisser les automatismes se mettre en marche, surgiront une succession de petites questions — où ai-je mis mon peignoir, mes sandales (il peut y avoir des araignées) ? la cafetière se trouve-t-elle bien en bas ? et le café ? Ah oui, il préfère le thé : où sont les sachets ? Dois-je lui en apporter un premier bol ou attendre qu'il soit tout à fait éveillé pour prendre le petit déj' ensemble sur la table en bois, dehors...

A condition que le temps le permette : quel temps fait-il ? Ciel, on est déjà dimanche, demain on rentre, je dois rentrer, il le faut... Que vais-je dire à Pierre ? En ce qui concerne les enfants, ce sera pour plus tard... Ne pas oublier, mardi, le dentiste pour Gilles, et Anna qui veut une nouvelle tenue pour la danse, la sienne la serre trop, ce qu'elle a grandi, sera-t-elle plus grande que moi ? Cela n'aurait rien d'étonnant, elle ressemble tant à son père, et Pierre est longiligne alors que moi... Alexandre n'est pas très grand, lui non plus. Comment sont ses enfants ? Je n'en ai pas vu de photos...

Camille ignore qu'elle a croisé les enfants de son amant, ainsi que sa femme, sur l'île de Ré. Que les fils de l'écheveau se sont emmêlés d'eux-mêmes, car telle est la vie, proliférante, multidirectionnelle, taquine, brutale aussi ! Comme une main qui parfois rassemble avant d'écraser...

Pour stopper en elle le flux des réminiscences, Camille s'écarte doucement d'Alexandre, elle va se lever, sortir sur la terrasse de pierres plates, respirer les senteurs du Midi qu'exalte l'humidité de la nuit... Celles des pins, des asphodèles, de la vigne acide... Le soir, c'est le figuier gorgé de soleil et de lumière qui exsude une odeur sucrée, prometteuse de fruits doux...

Elle a déjà un pied sur le carrelage, ces si belles tomettes à l'ancienne aux tons variés, orangé, brun beige, rouge, sous le vernissage, quand la main et la voix d'Alexandre la rattrapent : « Reste... »

Et elle reste.

Comme tous les capitaines d'industrie, Alexandre a une certaine propension à vouloir tout réunir, concilier — en fait, fabriquer des ensembles pour mieux les intégrer à une construction plus vaste.

Ce qu'on nomme des monopoles et que la loi, dans certains pays, prohibe. Ce n'est pas le cas pour ce qui concerne les familles, du moins en France ! Et Alexandre s'imaginerait fort bien à la tête d'une sorte de consortium qui rassemblerait sa femme, plus celle qui se trouve être son premier amour et sur laquelle il se sent comme un droit de premier occupant, plus les quatre enfants, les siens et ceux de Camille... Peut-être d'autres encore à naître, pour mieux sceller le pacte...

Il n'oublie qu'une chose : ce que peut en penser le petit peuple. Lesdits enfants, qui, placés devant le fait accompli du divorce de leurs parents, n'exprimeront pas forcément leur désaccord, mais risquent toutefois de le manifester : piètres résultats scolaires, petite délinquance, pire encore...

Les enfants sont conservateurs par nature, du moins pour ce qui est de leur milieu d'origine : ils veulent que le couple parental, leur socle, reste stable. Comment bien grandir et se développer si ça vacille sous vous ? Déjà qu'on a l'identité fragile, quand on est jeune...

Nous le savons tous pour l'avoir vécu ou vu vivre.

Et puis il y a Hélène, l'épouse, à qui il a juré fidélité jusqu'à ce que la mort les sépare... Un divorce serait-il une forme de mort ? Et qu'en est-il de la répudiation ?

Non, Alexandre n'entend pas répudier Hélène, elle est à lui et doit le rester, il l'aime, il veut la protéger toujours — il le fera ! Cet homme de quarante ans se sent des forces de géant quand il s'agit d'assurer l'avenir de ce qu'il a entrepris — en somme de ne pas se trahir.

Comment, en effet, espérer être heureux lorsqu'on a le sentiment d'avoir abandonné, piétiné ? Difficile, voire impossible.

Pour vivre avec Camille, il va donc falloir qu'il obtienne l'assentiment d'Hélène.

— A quoi songes-tu ?

A peine Camille a-t-elle proféré sa question qu'elle s'en repent. Alexandre pense sûrement à demain, au retour à Paris, à sa confrontation avec les siens. Et il ne désire pas lui livrer là-dessus le fond de son cœur...

Or, sa réaction la surprend. Alexandre l'étonne beaucoup depuis qu'ils se sont retrouvés : il a des rebonds, des élans qu'elle ne lui connaissait pas lorsqu'il n'était qu'un tout jeune homme.

— Je me demande où nous allons pouvoir nous rencontrer.

— Quand ? Où ça ?

— Eh bien, à Paris : mardi, mercredi ?

— Tu veux qu'on ait une liaison clandestine, qu'on se voie dans des hôtels ?

— En attendant de vivre ensemble, oui.

— Parce que tu veux vivre avec moi ?

— Pas toi ?

La voici au pied du mur, suite à sa question, alors qu'ils se promenaient tranquillement sur ce chemin de terre entre les arpents de vigne qui dominent la maison, dans les derniers rayons du soleil couchant. Sous eux, la maison — « leur » maison, car Alexandre a dit à Camille qu'elle lui appartient autant qu'à lui, il fera modifier les actes notariés en conséquence — est déjà dans l'obscurité.

Camille se rapproche, se colle à lui — quand les femmes ne savent pas quoi dire, elles offrent leur corps :

— Oui bien sûr, mais...

Sa phrase est demeurée en suspens et Alexandre l'incite à poursuivre, les lèvres dans ses cheveux lisses et doux :

— Mais quoi ?

— Comment va-t-on faire ?

— Le décider, cela suffit.

Un beau matin, comme ça, quelqu'un dans un quelconque QG décide le bombardement — c'est-à-dire l'effacement — d'une ville ou d'une autre, d'une population ou d'une autre... Il a « pris sur lui » cette décision, non sans difficulté, avec regret peut-être, ce qui lui vaudra plus tard une décoration.

D'infamie.

Et ces deux-là, dans l'enthousiasme de leur amour retrouvé, sur quelques mots prononcés dans la douceur méridionale d'un beau soir d'automne, viennent de manigancer sinon l'abolition, du moins la mutilation de deux populations. Oh, si petites que cela compte à peine : deux fois trois personnes...

Et qu'est-ce, en face de cette immense vague, de ce magnifique raz de marée qu'est la passion ?

Ce retour inattendu, miraculeux, au temps heureux des jours de la jeunesse...

En dépit d'un petit pincement — celui que provoque une appréhension, une peur —, Camille ressent l'immense joie d'avoir à nouveau dit « oui ». Comme une femme qui se marie...

Oui, à l'avenir. Oui, à l'homme.

Les « nouveaux fiancés » restent longtemps enlacés tandis que la nuit tombe, leur lèche les pieds, puis les engloutit.

Toute la dernière journée, celle du lundi, jour d'ordinaire si triste du début de semaine, Alexandre et Camille la passent dans l'enchantement.

Ils ne se reprochent désormais plus rien, ni ouvertement ni dans leur for intérieur. Ne se trouvent plus aucun défaut, qu'il soit physique ou moral. Ne font plus d'efforts pour paraître meilleurs ni plus jeunes.

Ils se sont « acceptés ».

Peut-on se rêver toute une vie en quelques heures ? (Qui n'a pleuré à *Brève rencontre* ?) Peut-être, à condition que les partenaires soient convaincus, en leur âme et conscience, qu'ils vont s'aimer éternellement, et que rien, hormis la mort, ne pourra désormais les séparer.

Attentionnés, attentifs l'un à l'autre, perpétuellement émerveillés par la nature qui les entoure, leurs propos ne sont que laudatifs :

— Comme c'est beau ici ! Comme tu as bien fait d'acheter cette maison !

— J'ai le sentiment qu'elle nous attendait, tu ne crois pas ?

— À qui appartenait-elle ?

— Je ne sais pas et ne veux pas le savoir ; elle est à nous et le restera...

Le mot « rester » ou « demeurer » revient souvent. Comme s'il n'était plus question que bouge quoi que ce soit dans leur existence désormais jumelée.

N'en a-t-il pas été ainsi lorsque certains de nos grands voyageurs, des plus célèbres globe-trotters de la vie ou du spectacle, ont renoncé à tout pour s'établir sur les Marquises, une île, dans la Caraïbe ou en Polynésie ? En s'installant dans ce qui allait leur servir de case, d'abri, de niche, de tonneau de Diogène, se sont-ils dit : « Ici, toi et moi pour toujours, et rien ne bougera, ni une feuille, ni un grain de sable » ?

N'oubliant qu'une chose : qu'eux allaient changer, se défaire, se dessécher, se vider de leur substance vitale — vieillir, en somme. Mais sans s'en apercevoir, ayant rejeté les miroirs et aussi le plus cruel d'entre eux, le regard de ceux qui ne les ont pas connus jeunes.

Quand Alexandre et Camille se dévisagent, ils ont vingt ans l'un pour l'autre, ils le sentent, s'en émerveillent, s'en abreuvent...

Quoique quelque chose en chacun d'eux se dit que cela ne peut pas être tout à fait vrai. Mais, puisque l'autre a l'air d'y croire...

Et d'échafauder des projets comme on en fait avec un enfant qui vous déclare : « Quand je serai grand, je t'épouserai ! »

— Tu vois, là, il faudrait construire un petit appentis pour une vraie cuisine, car l'hiver, tout cuire à l'extérieur ne doit pas être très pratique.

— Mais c'est si bon ! Et puis, on ne sera peut-être pas là l'hiver...

— Qui sait ! Pas tout le temps, bien sûr, mais on peut venir passer Noël.

Et les enfants ? se demande Camille. Ils vont aimer, les enfants, avoir un sapin de Noël planté dans les vignes, ou érigé dans ces pièces aux plafonds bas, aux ouvertures minuscules, comme le veut l'usage dans les maisons de vignerons ? Ces gens du cru qui, pour le connaître à fond, craignent le soleil et s'en protègent.

Mais le rayon enfants n'est guère évoqué, en ces dernières heures d'avant le départ, d'avant cette séparation qui se veut provisoire.

Trop de détails seraient à envisager — tellement qu'il vaut mieux s'en préoccuper chacun pour soi ; et puis, l'un comme l'autre ont trop envie de profiter à fond de ces dernières heures d'amour pur. Léger.

174

Débarrassé de toute contrainte comme de toute appréhension pour l'avenir.

Non, ils ne vont pas rentrer ensemble.

Camille préfère reprendre son train de nuit à Saint-Raphaël, comme elle l'avait projeté : elle a son billet, son wagon-lit réservé.

Alexandre, lui, ne répugne pas à rentrer seul, de nuit, en conduisant. Il a le sentiment qu'il a beaucoup à penser, à se remémorer, à planifier peut-être...

Un tel bouleversement demande à être digéré.

Quant on se marie, on parle d'enterrer sa vie de garçon — ou de fille. C'est maintenant à quelque chose du même ordre qu'il s'agit de procéder, pour l'un comme pour l'autre : enterrer leur vie de mariés !

Et ça n'est pas facile.

Même si les baisers qu'ils se donnent sont passionnés, merveilleux, sans équivalent jusque-là, leur semble-t-il. L'espoir et le désespoir y sont intimement mêlés.

« Un coup de canif dans le contrat ! » L'expression a toujours paru extrêmement vulgaire à Hélène pour désigner quelque tromperie conjugale dénuée d'importance.

Or, voilà qu'elle lui vient spontanément à l'esprit, appliquée à elle-même, alors qu'elle attend le retour d'Alexandre, prévu pour cette nuit.

Yeux ouverts, sa lampe de chevet allumée, les enfants couchés depuis longtemps, la femme infidèle se prend à réfléchir à ces quelques jours où la foudre lui est comme tombée sur la tête. Sans orage préalable ni coup de tonnerre avant-coureur.

Lorsque Alexandre est parti, comme d'habitude — « comme d'hab' », disent les enfants —, Hélène s'attendait à passer sans lui un week-end tranquille — « comme d'hab' », là aussi. A commencer par la virée au McDo, et c'est là que tout a dérapé avec l'intrusion d'Etienne Froste dans leur dînette, puis dans son appartement, enfin dans son lit et sa vie.

A quel moment a-t-elle commis une erreur ? Cessé de résister à l'envahisseur ?

En fait, depuis le début, car elle aurait dû refuser à cet homme le droit de s'immiscer dans son intimité avec ses enfants — en l'absence de leur père.

Mais, si elle a accepté, se laissant — à ce qu'il peut sembler — surprendre, c'est qu'elle avait déjà faibli peu auparavant. N'était-elle pas arrivée à la boutique, ce jour-là, d'une humeur allègre, comme libérée, avec un décolleté — oui, elle se souvient de son décolleté car elle étrennait un nouveau soutien-gorge

— « un soutif », disent les enfants — destiné à mettre mieux en valeur sa silhouette ?

Si elle avait décidé de porter aussitôt sa nouvelle acquisition — à l'insu de son mari —, c'était forcément dans l'intention de charmer d'autres hommes... Les clients ? Mais s'en présenterait-il de masculins ? En tout cas, il y aurait Etienne Froste, puisqu'il était toujours là le samedi...

Oui, sans se l'avouer, Hélène avait dans l'idée de faire la belle devant son patron. Pour une jeune femme, rien n'est savoureux comme l'admiration — avouée — d'un homme nettement plus âgé... Mettez ça sur le compte de l'Œdipe — l'homme plus vieux que soi étant là pour figurer le père —, ou sur le fait qu'il s'agit d'un mâle d'expérience, qui n'admire qu'à bon escient.

Le nouveau soutien-gorge, entraînant chez elle une autre façon de se tenir, de se présenter, de se pencher en avant, avait fait merveille. D'où la suite, etc.

Pour creuser encore, pourquoi avait-elle jugé bon d'acheter cette pièce de lingerie destinée à souligner ses seins, atouts on ne peut plus sexuels, si ce n'était pour provoquer ? Son mari connaît par cœur ses avantages et ne lui demande nullement — bien au contraire ! — d'en faire profiter la galerie !

Le « coup de canif au contrat » a commencé là, dans la boutique de lingerie fine !

Reste qu'elle n'est pas seule en cause : qu'a fait Alexandre pendant ces trois jours ? Rien de bien clair ni même d'avouable : sinon, il lui aurait téléphoné.

Carole doit être au courant. Avec quelle gêne et quelle secrète irritation elle l'a appelée, le samedi, pour savoir si Hélène avait des nouvelles de son patron ! Ou bien la petite ne savait rien, ou elle en savait trop et mourait d'envie de l'avertir ! Si elle se l'était permis, la secrétaire méritait le renvoi immédiat, c'est sans doute ce qui l'avait retenue... Mais le mal était fait : la puce à l'oreille...

Ce qui est peut-être un bien. Car Hélène, prévenue qu'il plane une certaine obscurité sur le déplacement

de son mari, peut se préparer à l'accueillir en conséquence.

Quels seront les premiers mots d'Alexandre, juste
descendu de voiture et la trouvant en chemise de nuit
de soie sur leur lit, bien éveillée et l'attendant de
toute évidence ? (Le rouleau de pâtisserie à la main
— mentalement, s'entend...)

Hélène n'en sait rien.

Mais elle va préparer ce qu'elle dira en l'aperce-
vant. Se le répéter. L'améliorer. Le peaufiner.

Ce pourrait être : « Chut, ne me dis pas d'où tu
viens, je ne veux rien savoir. Tu es là, c'est tout ce qui
compte ! »

Ou : « Que c'est bon de te retrouver... »

Ou : « J'adore ces petites pauses qui nous per-
mettent de respirer l'un et l'autre ; j'ai emmené les
enfants, devine où ? Au McDo... »

Non, pas d'allusion au McDo, c'est comme si elle
cherchait à déguiser sa faute en s'affichant comme
mère exemplaire !

La vérité — qu'elle s'est offert en son absence une
brève aventure extra-conjugale, laquelle est déjà ter-
minée —, il faut la laisser pressentir sans toutefois
la lui servir explicitement.

Ce qui le libérera lui aussi de sa culpabilité pour
son éventuel écart, et Hélène espère qu'il aura l'intelligence de rester aussi discret qu'elle. Ils pourront
alors reprendre leur vie ordinaire sans drame ni blessure inutiles. Dans une confiance qui en sortira peut-
être accrue : leur couple, maintenant qu'ils sont
adultes, est capable d'« encaisser » quelques coups
durs sans dérailler !

Mais lorsque Alexandre pénètre dans la chambre,
les traits tirés, le visage pâle, la bouche dure, Hélène
se redresse d'un coup sur le lit et, tous ses beaux discours oubliés, s'écrie, affolée :

— Mon Dieu, que t'arrive-t-il ?

— C'est grave, répond Alexandre qui a également
préparé sa phrase d'entrée en scène, tout en se laissant tomber sur le fauteuil le plus éloigné du lit.

— Tu as eu un accident, tu es blessé ?

Hélène est effrayée. Dieu, qu'elle l'aime, son volage !...

Alexandre hoche la tête pour démentir. Sans plus parler, car il a envie de pleurer, soudain : lui aussi, il l'aime, sa blonde... A la voir aussi fragile dans sa petite nuisette de soie bleue, si émue à l'idée qu'il puisse souffrir, si prête à voler à son secours... Si femme, en somme, ayant tant besoin d'un homme... De lui, bien sûr — de qui d'autre ?

Il va se déshabiller, se coucher, la prendre dans ses bras. La réchauffer, la consoler...

Il sera bien temps, demain, d'en venir aux faits et aux aveux.

Ce sont les enfants qui accueillent Camille le matin de son retour à Paris. Pierre n'est pas là.

— Mais comment se fait-il que vous soyez à la maison ? Et la classe, alors ?

— On a la grippe...

— La grippe, fin septembre ? Et tous les deux ? Vous m'étonnez : personne n'a la grippe à cette époque-là de l'année...

— Alors c'est un rhume...

— Mais vous ne mouchez pas... Qu'est-ce que c'est que cette histoire ?

Une légère colère s'est emparée d'elle, provoquée par l'incertitude. L'école buissonnière ? Ce n'est pas dans les habitudes de la famille, que ce soit de son côté ou de celui de Pierre. Après enquête, il appert que les enfants ont fait bombance, la veille, avec leur père et une amie à lui, ce qui les a rendus malades, pas beaucoup, juste une légère indisposition durant la nuit...

Il est prévu qu'ils retournent en classe dès l'après-midi ; la surveillante est au courant.

— Tu étais où, maman ?

La question la cueille à l'improviste, car elle ne songeait plus à elle, mais aux enfants, à l'inquiétude que lui a inspirée leur présence à la maison un jour de classe... S'ils n'étaient pas malades, quelqu'un d'autre devait l'être : y a-t-il eu un accident, pis encore ? S'agit-il de Pierre ?

Une fois rassurée, elle se laisse tomber sur un fauteuil, épuisée par l'émotion...

— Qui m'apporte un verre d'eau ?

— Tu n'as pas bu, là où tu étais ?

— C'était le train.

— T'es restée trois jours dans le train ?

Alors elle leur raconte le Midi, la mer tout le temps chaude — Alexandre et elle se sont baignés presque à la nuit tombée —, les figues mûres que l'on cueille aux arbres, le début des vendanges...

— On peut chiper des grappes sur les vignes ?

— Il vaut mieux pas, le raisin appartient à ceux qui le cultivent et qui comptent dessus pour faire du vin : ils en vivent. Mais quelques grains par-ci par-là, pour le goûter...

— C'est mieux que l'île de Ré. Quand on est partis, le raisin n'était pas mûr, il y avait surtout des patates...

— Tu ne peux pas comparer... L'île est merveilleuse, tellement forte et vivante... Mais, dans le Midi, le jour et la nuit, c'est pareil, on vit sans arrêt, on se sent bien...

On se sent jeune !

Une notion qui ne peut évidemment rien dire aux enfants, lesquels n'envisagent pas ce que c'est que d'être vieux ou même adulte ; ça, c'est bon pour les parents, pas pour eux !

Camille cherche une équivalence qui leur soit compréhensible :

— Là-bas, tu n'es jamais fatigué...

— Et tu n'as jamais mal au ventre ? demande Gilles en frottant son estomac encore gonflé.

— Non, dit Camille, soudain pensive.

Qu'essaie-t-elle de leur suggérer en faisant passer le Midi pour un paradis ? Qu'elle y a été heureuse sans eux ? Ou qu'elle désire les y emmener avec elle, donc avec Alexandre ?

Les enfants, intuitifs, perçoivent son trouble :

— Alors, tu es triste d'être rentrée ?

Camille sursaute.

— Non, mes amours, mon bonheur c'est vous !

Elle leur fait signe de venir contre elle et les prend tous les deux à la fois dans ses bras.

Que va-t-elle devenir ? Est-ce qu'une mère peut abandonner ses enfants, une amante son amour ?

Le téléphone sonne.

— C'est sûrement Papa ! s'exclame Gilles, le plus rapide à décrocher. Oui, Maman est là, je te la passe !

La voix familière est égale à elle-même. Pierre ne se doute sûrement de rien.

— Te voilà rentrée ? Tu n'as plus mal au dos ?

— Plus du tout ! Pour ce qui est de moi, je suis guérie. Seulement, j'ai trouvé les enfants à la maison, patraques à ce qu'ils disent...

Et de passer à l'attaque, la meilleure des défenses :

— Où les as-tu emmenés, hier ?

— Dans un grand restaurant, pour une fois, mais le mélange poulet à la crème, frites, ketchup et soufflé au Grand Marnier n'a pas eu l'air de leur convenir...

— Et vous étiez avec qui ?

— Une amie.

— Laquelle ?

— Je t'expliquerai.

Comment peut-on être jalouse au sujet de quelqu'un qu'on est décidée à quitter ?

De retour, à Paris, au nid conjugal, les fugitifs sont aussitôt tombés d'accord pour se donner un délai. Après tout, quand on s'est attendus quinze ans, on peut bien patienter encore quelques semaines, quelques petits mois...

Tout en se rencontrant, bien sûr — plus question de se séparer ! —, mais en cachette, comme les amants passionnés qu'ils sont.

Alexandre a suggéré l'emploi d'un code pour se donner rendez-vous : « Je fais sonner deux coups chez toi, je raccroche et tu me rappelles dès que tu peux, sur le portable... » Invention magique pour les adultères modernes, que ce module ! On peut s'appeler de n'importe où à n'importe où : sur un palier, dans la rue, en voiture, dans l'escalier, et même aux cabinets... Sans que le reste de la famille soit à l'écoute... Si on ne veut pas répondre parce que ceux qu'on trompe font cercle autour de soi, dès la première sonnerie on prend un air excédé : « Encore ce foutu portable ! La messagerie s'en occupera... »

Sans aller jusqu'à l'hypocrisie qui consisterait à dire : « Puisque vous êtes tous là, ça n'est sûrement rien d'important !... »

Façon de faire copiée sur celle des jeunes d'aujourd'hui, qui tendrait à prouver que le couple de jadis a atteint son but : Camille et Alexandre ont voulu s'en retourner à l'époque de leur prime jeunesse, l'un par l'autre, l'un avec l'autre — et c'est

fait !... Ils en sont même arrivés, comme de vrais adolescents, à se cacher des « parents » !

Car lorsque des adultes en viennent à commettre
certains agissements hors du cercle de famille, il
arrive que leurs enfants, plus raisonnables qu'eux,
fassent fonction pour eux de parents... En pensée
d'abord, peu à peu dans les faits.

Au vrai, chacun dans leur camp, les quatre enfants
aux aguets ont commencé à se poser des questions :

« T'as remarqué, Papa n'est pas comme d'habitude ! » s'inquiète Théo auprès d'Anna.

« Maman s'occupe moins de nous », s'insurge
l'autre Anna auprès de son frère Gilles.

Que faire quand vos parents se mettent à changer,
apparemment sans raison ? Evoluer à son tour.
Encore plus vite !... Avoir des secrets qu'on ne partage pas avec Papa/Maman, ce qui n'était pas le cas
jusque-là. Comploter avec ses amis, dire du mal des
siens, ce qui pousse à devenir grossier, insolent à la
maison... Juste pour voir jusqu'où on peut aller.

Pas très loin.

Camille, les nerfs à vif, ne supporte pas d'être mise
en question, surtout lorsqu'elle est en tort.

— Maman, tu oublies tout, en ce moment, tu n'as
plus pensé à ma leçon de chant...

— Et alors, tu n'oublies rien, toi ? Si tu savais tout
ce que j'ai dans la tête, et à votre propos, justement...

Elle omet d'ajouter : « ... et dans le cœur. »

Du côté d'Alexandre, la riposte est encore plus
sèche et sans appel :

— Tu ne me parles pas comme ça, tu entends ? Je
suis ton père !

En quelque sorte, cette impétuosité parentale est
rassurante. Leurs pères et mères se sentent autant
concernés qu'avant quand il est question d'eux...

C'est Camille qui se plaint la première de ce nouveau climat familial à Alexandre. Dans ce petit hôtel
qu'ils ont déniché aux Buttes-Chaumont, pas facile
d'accès, toutefois, mais, lorsqu'ils y sont, la fenêtre
de leur chambre — toujours la même — donne sur
des frondaisons de plus en plus roussies à mesure

que l'automne avance. Par-dessus les arbres, le ciel, le merveilleux ciel de Paris ne cesse de changer... comme eux.

— Je ne sais pas si c'est son âge qui veut ça, mais Gilles me parle sur un ton, parfois... Quant à Anna, elle m'ignore, elle reste des heures entières au téléphone... A ne rien dire, évidemment !

— C'est pareil chez moi, et je me demandais ce qui se passait... Tu as raison, ce doit être l'âge. Celui qu'on appelle « ingrat » parce qu'ils se foutent carrément de tout ce qu'on a fait pour eux jusque-là...

— Et qu'on continue à faire : sans eux, on serait déjà ensemble...

— Oui, mon amour, loin. Remarque, on l'est d'une certaine façon.

— J'avais décidé de ne rien t'en dire, mais, puisqu'on en parle...

— Vas-y. Je t'écoute.

— C'est Pierre. Je ne le comprends pas !

— Comment ça ?

— Il a l'air de soupçonner quelque chose...

— Il te fait la tête ?

— Au contraire, il rigole en me lançant des allusions bizarres...

— A quoi ?

— Aux jeunes gens, imagine-toi ! Dès qu'on en voit un, dans la rue ou chez des amis, il me fait du coude : « Tu as remarqué le beau gosse, ça ne te dirait rien de l'avoir au lit ? »

— C'est lui que la vue de ces jeunes doit troubler... Il devient peut-être homosexuel, ton époux, ou pédophile ?

— Pierre ! Tu rigoles... Non, on dirait qu'il veut me pousser à avoir une aventure...

— J'espère que tu ne l'écouteras pas, ce pervers que tu as pour mari ! Sinon, tu verras la scène que je te ferai si tu te permets de t'intéresser au moindre godelureau, ou à n'importe quel homme, d'ailleurs, qu'il soit plus jeune ou plus vieux que moi !

— J'adore tes interdits ! Pierre ne m'a jamais traitée comme ça...

C'est ainsi, insensiblement, qu'ils ont commencé à parler des autres. Sans se rendre compte que, désormais, ils n'arrivent plus à être seuls quand ils sont ensemble.

Il est rare qu'un enfant, encore moins un adoles-
cent vous déclare tout de go, quand bien même il le
ressent : « Qu'est-ce qu'on est bien ensemble ! » Il se
contente de l'exsuder par tout son corps, toutes ses
attitudes : peau encore plus lisse, yeux plus brillants,
demi-sourire perpétuel, et une façon plus lente,
presque dansante, de se livrer à ses diverses activi-
tés.

Il lui arrive même — suprême preuve de bien-être
et de bien-vivre chez un jeune ! — d'abandonner son
sempiternel casque, de renoncer à sa musique (ou ce
qui passe pour tel) afin d'écouter ce qui se dit en
famille.

Voire — mais ça, c'est le sommet de la béatitude,
quasiment l'extase — de participer à la conversation !

Après le déjeuner pris au soleil sur la terrasse de
leur maison louée, Camille le constate dès le lendemain du réveillon, le jour de Noël.

En jean et T-shirt, jambes étendues hors de leurs
fauteuils — il ne s'agit tout de même pas d'abandonner la pose avachie qui les distingue des adultes, ces
pauvres « rigides » —, Gilles et Anna, au lieu de se
précipiter sur leurs bicyclettes, ou dans leurs
chambres, ou vers la place où s'agglutinent les
copains, restent là. Avec les parents. A poser des
questions, à répondre, à commenter.

Miracle de Noël ? Grâce due à l'exceptionnel beau
temps ?

Ou alors — et c'est ce qui angoisse leur mère

quand la même scène se reproduit pour la troisième fois consécutive —, est-ce le signe qu'ils perçoivent à leur façon que le couple parental est en grand danger de dissolution ?

C'est pourquoi ils se collent à eux sans trop savoir pourquoi, en fait pour tenter de colmater. Laisser entendre : « Qu'est-ce qu'on est heureux ensemble, est-ce que ça ne serait pas trop bête de se séparer ? »

Camille, scorpion astrologique, sait que la marque distinctive de son signe, c'est de détruire afin de pouvoir reconstruire... Une caractéristique qu'elle incarne parfaitement : n'a-t-elle pas quitté Alexandre la première, autrefois, pour partir à la recherche de l'homme avec lequel bâtir un foyer solide ? Ce fut Pierre.

A présent, ne désire-t-elle pas démanteler son foyer pour reformer un couple « solide », avec Alexandre ? Par trois fois déjà, Pierre, les enfants et elle ont changé d'appartement, et c'est toujours Camille qui a pris la décision d'entraîner la famille sur le chemin de la transhumance... Un déménagement vers un espace plus large, mieux situé, qui leur a toujours été bénéfique. Quant à l'île de Ré, ce fut aussi son choix. De même qu'y relouer une maison pour la période des fêtes...

Ultime rassemblement avant de tout fiche en l'air ?

A peine se l'est-elle formulée que la phrase la gifle de plein fouet. Et ce qui émane d'elle s'en ressent, car un silence s'installe dans le quatuor...

C'est Pierre, peut-être le plus concerné, qui réagit le premier :

— Je crois que je vais aller faire une petite sieste avec les journaux...

— Moi, je crois que..., commence Anna.

— Si on allait dans les marais ? propose Gilles en la coupant. Il paraîtrait qu'il y a de nouveaux oiseaux migrateurs, m'a dit Mathieu.

Un garçon du village qui vit sur place et connaît tous les secrets du terroir qu'il accepte de partager avec certains.

Camille demeure seule à débarrasser la table.

190

« Que je suis heureuse... Quels jours heureux ! » se dit-elle, comme traversée par un courant plus fort qu'elle.

Il va falloir qu'elle le confie à Alexandre, tout à l'heure, quand elle va se rendre dans l'impasse des Sortilèges, si déserte hors saison, afin de lui téléphoner en paix. A l'heure convenue entre eux deux lors du coup de fil d'hier.

Puis elle réfléchit que le fait qu'elle se sente si heureuse et tranquille en famille ne peut nullement plaire à Alexandre, ni faire son bonheur à lui !

Comment peut-elle être à ce point inconsciente !

« Pourtant, c'est à lui que je dois d'être aussi bien, aujourd'hui, avec les miens. Ce que nous avons vécu ensemble dans le Midi a dénoué quelque chose en moi. J'ai lâché prise, je suis moins dans la réussite, plus présente à moi-même... présente au présent ! »

Impossible de faire partager ce qu'elle ressent par téléphone... Mieux vaut qu'elle ne l'appelle pas aujourd'hui. Si besoin est, elle invoquera plus tard quelque difficulté de transmission : le réseau SFR !

Le même homme qui, il n'y a pas une heure, se demandait encore comment il allait pouvoir proposer à son épouse, la mère de ses enfants, de se séparer, est pris de vitesse... Circonvenu. Mieux encore : outré !

Quoi, qu'est-ce ? Sa femme veut se séparer de lui ? Il n'a pas eu le temps de réfléchir que, déjà, il lui a répondu : « Non ! » Et pour faire bon poids, il ajoute :

— Pas question !

De pâle qu'elle était, Hélène rosit un peu, sourit presque :

— Alors, comment vois-tu les choses ? Tu as l'intention de rompre avec elle, ou tu comptes sur moi pour me montrer complaisante et fermer les yeux ?

Alexandre s'est raidi. Rien n'est plus intolérable qu'entendre votre adversaire — ce qu'Hélène est pour lui en ce moment — vous dicter votre conduite. C'est comme au restaurant, quand le garçon ne vous donne le choix qu'entre deux plats et rien d'autre... Folle envie de tout refuser ! Quitte à rester sur sa faim...

C'est ce que fait Alexandre qui s'entend à nouveau proférer : « Non ! » comme s'il ne connaissait pas d'autre mot.

— Bon, reprend Hélène qui a brusquement — c'est incroyable ! — l'air de s'amuser, tu veux qu'on fasse comme si ça n'existait pas et qu'on retombe dans un pieux silence ? Tu ne crois pas que cela a assez duré, l'hypocrisie ? Tu veux que je te dise : tu as l'air de t'emmerder prodigieusement, ces temps-ci... Du coup, tu n'es plus du tout agréable à vivre. On pourrait peut-être se séparer, en attendant...

— En attendant quoi ?

— Qu'on prenne une décision... Tiens, rentre à Paris tout de suite, comme si tu avais un rendez-vous de travail urgent : cela nous donnera une respiration... Quand je reviendrai, tu auras peut-être déménagé pour aller vivre avec elle !

Exactement ce dont Alexandre rêvait au début des petites vacances... Pourquoi est-ce que cela ne lui convient plus, maintenant qu'on le lui propose ? Et même qu'on le lui dicte ?

Quant à Hélène, en son for intérieur, elle ne peut que remercier Etienne Froste... N'eût-elle pas couché avec lui, par faiblesse, compensation à l'absence d'Alexandre, elle n'aurait pas la force, le détachement de parler comme elle le fait...

Oui, grâce à sa « tromperie », car c'en est une, elle a cessé d'être une petite fille !

Et Alexandre, qui l'a perçu, s'en inquiète.

Chaque bout de terre a son hiver, différent de celui des autres régions. Variable aussi d'une année à l'autre, plus ou moins froid, pluvieux, venteux... Cette année-là, sur l'Atlantique, l'hiver est radieux ! Pas un souffle d'air, soleil du matin jusqu'au soir. A midi, on mange sur les terrasses, celles, dallées, des maisons ou les planchers en bois des restaurants. Le soir, un feu allumé dans la cheminée — pommes de pin, sarments, bûchettes — suffit à entretenir une température clémente. Odorante.

Camille se rend bien compte que ce temps splendide — un don du ciel — facilite le déroulement de leur séjour. S'ils avaient dû rester enfermés, la pluie battant vitres et verrières, avec les enfants s'énervant devant la télévision et les jeux vidéo, quel enfer !

Là, toute la journée, Anna et Gilles roulent à bicyclette, souvent en compagnie de leur père. Depuis les Portes, par les pistes cyclables peu encombrées à cette époque de l'année, ils poussent jusqu'à Saint-Clément, Ars, parfois Loix, traversant les marais, tandis qu'elle prépare l'arbre, combine le dîner du réveillon avec les commerçants des boutiques, ceux du marché, choisit, achète, emballe des présents.

Partout, les gens ont le sourire : cette fin d'année, ils le prévoient, le souhaitent, il n'y aura pas de grisaille ni de tempête, comme ce fut le cas un précédent Noël, un souvenir dramatique qui assombrit toutes les mémoires, même quand on n'en parle pas...

Cette fois, favorisés par le temps on va pouvoir

célébrer les fêtes comme il convient : dans la paix, l'amitié, l'amour.

Ce climat d'harmonie et de contentement général est contagieux, et Camille ne peut s'empêcher d'en bénéficier et d'en faire part à Alexandre, au cours de leur coup de téléphone quotidien, donné lors de l'absence des autres. Ou c'est elle ou c'est lui qui appelle sur le portable à l'heure convenue.

— Comment ça va ?

— Bien. Très bien. Tout « roule », c'est le cas de le dire : tout le monde est à bicyclette !

— Pas toi ?

— Non, je reste à la maison où je ne vois pas passer les heures, nous n'avons pas pris de femme de ménage... C'est exprès : comme ça, je n'ai pas le temps de penser que tu me manques !

— A moi aussi, tu manques, affreusement...

Au bout de trois jours, le dialogue est quelque peu répétitif. Au point d'en devenir banal : ça va pour lui, ça va pour elle, toutefois ils seraient mieux ensemble...

Et les petits faits de la vie quotidienne de chacun n'ont pas de réelle importance pour l'autre quand il ne peut pas les partager, d'autant qu'ils traduisent une vie communautaire dont il est exclu...

Quel intérêt, pour Alexandre, de savoir que Gilles est tombé de sa bicyclette sur la piste des marais, parce qu'il avait le nez en l'air à suivre le vol d'un héron blanc, et que, la pharmacie étant fermée, cela a été toute une histoire pour lui trouver des désinfectants, un pansement adhésif... Heureusement il y avait les voisins lesquels ont des enfants du même âge et qui se sont, tous, révélés des gens charmants, tout à fait fréquentables...

Alexandre s'en balance, et même s'en agace. De même, Camille ne tient nullement à savoir que, pour une fois, sa mère à lui et Hélène ne se pignochent pas, mais au contraire font bon ménage, se confiant mutuellement leurs souvenirs d'enfantement. Sa mère raconte à Hélène comme s'est déroulée sa grossesse, quand elle l'attendait lui, et Hélène compare avec ses propres accouchements... Femmes entre elles, presque complices, ne faisant pas encore front — comme il est trop fréquent ! — contre leurs hommes...

Pour l'instant, le climat entre les deux femmes — et cela compense le crachin qui les garde enfermés tous les six ! — est heureux ! Il était temps !

Temps pour quoi ? Cette entente qui survient si tard entre la belle-mère et la bru — l'union d'Alexandre et d'Hélène avait duré quinze ans, au cours desquelles elles ne se supportaient pas — n'est-elle pas regrettable ? Lorsque sa mère, qui vieillit, et du coup s'attendrit, va apprendre son intention de divorcer d'une personne qu'elle s'est mise à apprécier, presque à aimer, cela ne risque-t-il pas de lui fendre le cœur ?

Et le cœur d'Hélène, alors ?

Carole ne lui a pas pardonné, ainsi qu'il est commun chez les filles très jeunes qui élisent un homme pour père idéal, ce père que tout un chacun aurait souhaité avoir : exemplaire, exempt de faiblesses humaines !

Or non seulement Alexandre l'a déçue, mais il l'a trompée en tant que fille amoureuse, et, pour retrouver son équilibre, Carole a besoin de vengeance.

Après s'être refusée au plus facile — déstabiliser Hélène —, c'est à lui qu'elle s'attaque. Ce qui, d'une certaine façon, constitue un progrès : ce qu'on appelle déboulonner les idoles...

— L'agence a téléphoné.

— Pour quelle raison ?

— Ils disent que des gens veulent acheter votre maison.

— Et alors ? Elle n'est pas à vendre !

— Mais il s'agit de la personne qui avait loué avant que vous n'achetiez. Ils m'ont donné son nom : Marty, je crois, ou Marly. (Elle s'est renseignée, la fine mouche !...) Elle et son mari sont acquéreurs ; leur prix sera le vôtre... Ils ont prétendu que vous n'en aviez rien à faire, de cette bicoque, que vous ne l'aimiez pas vraiment, que vous n'y habiteriez jamais... Je ne sais pas, moi !

Et de retourner précipitamment dans son bureau où, par chance, le téléphone s'est mis à sonner. Ce qui fait qu'elle ne termine pas sa phrase, laquelle aurait été : « Vous pouvez bien vous en débarrasser, puisque vous ne l'habiterez jamais avec moi alors que je vous ai aidé à l'acheter en cachette de votre femme ! »

En fait, il est grand temps que Carole apprenne à renoncer à épouser son père, fût-il imaginaire.

Mais si, pour elle, ce sournois passage à l'acte représente une avancée, pour Alexandre, inconscient de ce qui est en jeu dans ce muet conflit affectif (comme il s'en produit tant dans les bureaux comme ailleurs), c'est un choc.

Ainsi Camille l'aurait trahi après leurs si heureuses retrouvailles ? C'est avec son mari qu'elle entend revenir sur les lieux de sa jeunesse ? Et pourquoi ne serait-ce pas son propre choix à lui d'y retourner avec Hélène et les enfants ?

D'autant plus que la maison lui appartient. Il se préparait à en donner la moitié à Camille, mais il va la garder pour lui seul. Un refuge, si l'on veut qu'il soit sûr, ne se partage avec personne.

Sans qu'il le sache, c'est d'ailleurs ce qu'Alexandre cherche depuis quelque temps, un lieu pour sa solitude.

Parfois, la jeunesse, en tarabustant les vieux éléphants, les aide à trouver leur chemin — vers eux-mêmes.

Ce jour-là encore, Camille attend Alexandre dans la chambre d'hôtel — « leur » chambre — avec un demi-sourire et un cadeau : une grosse montre, style chronomètre, *flashy*, comme on dit maintenant.

Alexandre s'aperçoit alors qu'il est venu les mains vides, mais avec un trop-plein de pensées... Par où commencer ?

Par la maison, forcément :

— Il paraît que ton mari et toi voulez me racheter la maison du Midi ?

— Mais tu dérailles ! Qu'est-ce que c'est que cette histoire... ? Pierre ne sait même pas qu'il y a une maison et que je t'y rencontre !

— Ce n'est pas ce que dit l'agence !

— Vraiment ? Alors, elle raconte des bobards...

Ce qu'Alexandre a toujours apprécié, chez Camille, et ce depuis le début, c'est son esprit de décision.

— On va voir ça tout de suite, j'ai leur numéro sur mon carnet. Je les appelle...

L'échange est bref : les gens de l'agence tombent des nues : rien de tel n'a eu lieu. Ils ne comprennent pas... Carole aurait donc tout inventé ?

— Mais pourquoi ?

— Jalouse...

— De quoi ? Il n'y a rien entre cette petite et moi, tu t'en doutes !

— Si, il y a quelque chose, en fait quelqu'un : il y a moi !... Ton assistante n'aime pas savoir qu'il existe quelque chose de fort entre nous deux.

— Mais elle ne connaît pas ton existence !

— Elle la subodore... C'est d'ailleurs flatteur, cela veut dire que tu me portes sur toi comme un parfum, une eau de toilette... Et moi aussi, je suis auréolée de toi ! Personne n'aime humer la senteur de l'amour sur quelqu'un d'autre. Il n'y a pas que Carole : mes enfants non plus n'aiment pas. Je ne parle pas de mon mari !

Tous deux se taisent, yeux dans les yeux. Ils paraissent se dévisager, en fait leur regard est ailleurs. Happé par l'image intérieure des jours qu'ils viennent de vivre l'un sans l'autre. Tous ces petits gestes, ces appels, ces mots qu'ils ont échangés en famille et qui — ils étaient destinés à cela — ont encore renforcé les liens qui les attachent.

Tout ami des chiens sait que, dès que son maître s'apprête pour un voyage, l'animal ne le quitte plus d'une patte, le museau collé sur ses mollets, quand il ne s'installe pas carrément sur ou dans sa valise. Le pauvre ne sait que faire d'autre pour retenir celui qu'il aime...

Soumis à un muet chantage de la part des leurs, qui « s'assoient » sur eux en quelque sorte, Alexandre et Camille sont tous les deux tristes de la même façon, ce qui ne fait que les réunir davantage.

Alexandre finit par s'écarter, va à la fenêtre, ce qu'on fait instinctivement lorsqu'on veut voir plus loin que le moment présent. Il a ôté sa veste ; Camille voit jouer les muscles de ses épaules sous sa chemise de fine popeline. Elle ne s'était encore jamais fait la remarque qu'elle est émue, troublée, par les effets masculins, ce qu'ils ont de bien coupé, de carré, de net, parfois de rugueux, même, contrairement aux toilettes féminines. La différence entre sexes commence par l'habit et cette frontière trouble les femmes. En tout cas, celles qui aiment vraiment les hommes.

Camille aime Alexandre. Elle aime aussi Pierre. Elle le revoit dans ses chandails à grosses mailles et à col roulé, avançant d'un pas large sur le sable mouillé des plages de l'île, ces derniers jours. Il était comme un oiseau marin qui s'affronte au vent. D'ailleurs, les mouettes, sentant en lui un compagnon de tempête, l'accompagnaient, tournoyaient autour de lui, lançant leurs cris semblables aux stridences de la sirène des bateaux sortant du port.

Pierre avait lui aussi l'air de quitter le havre et Camille regardait sa silhouette qui diminuait jusqu'à disparaître dans le lointain brumeux. Elle restait sur la dune, près de leurs bicyclettes entremêlées, à contempler ce vaste paysage fermé d'un côté par deux phares, le moderne et l'ancien, de l'autre laissant deviner, au-delà du bras de mer, le continent. Une beauté qui lui faisait penser, elle ne savait pourquoi, à une main ouverte.

Et cet homme tout seul, traçant son chemin vers l'infini...

Elle a eu ce jour-là envie de courir derrière lui pour le rattraper quand, soudain, il s'est arrêté, a pivoté et rebroussé chemin pour revenir vers elle. Comme s'il lui montrait — sans y penser — ce qu'il désirait qu'elle fasse, et qu'il ne savait exprimer en mots.

En ce moment, Alexandre, considérant par la fenêtre le paysage de buttes plantées de bosquets qui s'offre à lui, exprime par tout son corps son désir à lui de s'échapper, de partir.

— Qu'est-ce qu'on va pouvoir faire de la maison ?

Il se retourne avec une vivacité juvénile :

— Pardon ?

— Ce que tu es jeune..., ne peut-elle s'empêcher de murmurer.

Elle est assise sur le lit, ayant juste ôté ses chaussures, comme lui sa veste ; ils n'ont nul désir de se déshabiller pour passer à l'acte, comme on dit. Ils ont envie de parler, de s'accorder, comme des musiciens qui règlent leurs instruments avant un concert.

— Que veux-tu qu'on en fasse ? La maison existe et va continuer, avec ou sans nous...

— Oui, Alexandre, je sais, elle va rester dans ses murs, telle qu'elle est, magnifique... sans nous !

— Pourquoi « sans nous » ? Tu ne veux plus l'habiter ?

La vraie question est enfin posée.

— Je l'ai fait avec bonheur ! Et j'avais besoin d'un grand bonheur avec toi... Mais tu nous vois, tous les deux, tout seuls, comme des petits vieux, des retraités de la vie, mangeant nos melons sur le banc de pierre à l'ombre du micocoulier, n'ayant rien d'autre à faire que regarder le raisin mûrir...

— Non, pas vraiment.

Tous deux rient du même rire. Ils se sont rejoints.

— En fait, on n'a plus l'âge pour vivre hors tout !

— Age, c'est un joli mot, qui rime avec naufrage...

— Justement, on n'a plus les moyens de faire naufrage... Tu as un million de choses à assumer dans les années qui viennent, et moi aussi.

— J'aurais aimé les réaliser avec toi...

Comme au chien qui voudrait partir avec vous, en avion, pour ce voyage d'affaires, dans des hôtels où il ne sera pas accepté, on ne peut rien répondre... Seulement murmurer en lui caressant la tête : « Tu sais bien que ce n'est pas possible ! Pourtant, je le voudrais bien, moi aussi... »

On finit quand même par lancer du seuil de la porte : « Attends-moi, je reviens ! » Ce qui l'apaise un peu, tant il vous fait confiance.

Camille se dirige vers la porte après s'être rechaussée. Elle tient à partir la première, car elle ne supporterait pas de demeurer ne serait-ce qu'une minute dans cette chambre — la chambre de l'amour fou — sans Alexandre. Elle éclaterait en sanglots.

— Quelque part, on ne se quitte pas, toi et moi...

— Je sais, répond Alexandre.

C'est une forme très particulière, très haute de l'amour, que celle qui permet à des amants de vivre séparés.

L'automne, c'est l'abondance. Un ruissellement de couleurs qui annonce en fanfare la victoire de ce qui se prépare depuis la fin de l'hiver et le début du printemps : la maturation des germes, l'avènement des fruits. Il est né, le divin enfant végétal...

En masse, et le même mois ou presque, c'est partout la récolte : fruits de la vigne et fruits tardifs comme les coings, les châtaignes, les noix...

Commencent aussi les champignons de toutes espèces et allures, les exquis et les mortels, éphémères parures des bois et sous-bois, dans une frénétique éclosion, une sarabande éperdue qui semble défier le gel. Pourtant inéluctable, la terre le sait. En a besoin.

Cette corruption nécessaire pour libérer les graines destinées à assurer l'avenir devance de peu le masque funéraire. Le durcissement. L'immobilité d'une mort qui n'est pourtant qu'apparente : sous terre, en hiver, la vie végétale se poursuit, prolifère et même s'accélère au lieu le plus secret en même temps que le plus important : dans la clandestinité des racines... Toute l'année, l'arbre, même dans son grand âge, œuvre à sa survie. Ne s'endort jamais.

Les humains non plus, s'ils sont de bonne souche et ont réussi à se maintenir longtemps sans trop de pertes, n'hibernent pas : c'est à l'âge mûr qu'ils vont donner leur meilleur. Leur plus singulier.

Camille, que la réflexion étonne, s'entend déjà dire : « Tu es parfaite telle que tu es en ce moment, surtout ne bouge pas, ne change pas ! »

Alors que ses interlocuteurs savent aussi bien qu'elle que, jeune ou vieux, un être, tant qu'il est en vie, ne cesse de se modifier. Et finit par se défaire, perdre sa forme, ses formes.

C'est alors qu'il est bon d'avoir un compagnon. Déjà pour qu'il se souvienne de vos états précédents — un enfant demande très tôt à ses parents : « J'étais comment quand j'étais petit ? » Aussi pour qu'il sache vous aimer dans votre nouvelle splendeur, celle de votre être invisible. Ce que l'âge et le temps n'abîment pas mais, au contraire, renforcent.

Utopie ? Alors bien commune et bien ancrée dans la race humaine...

En attendant, il convient de profiter des derniers moments de « chauffe », de rayonnement adulte. Depuis sa rupture avec Alexandre — qu'elle préfère nommer séparation, ou simplement absence —, Camille s'y emploie.

Chaque heure lui paraît précieuse, plus exactement « à encadrer ». Ainsi, ce week-end de marche en forêt de Rambouillet avec les enfants et le tout jeune labrador blond, Sidney, enfin autorisé auprès d'eux.

Pierre à ses côtés, Camille a le sentiment de les voir avancer, tous quatre tantôt groupés, tantôt éparpillés, le chien s'appliquant à les relier les uns aux autres par des gambades en apparence désordonnées, en réalité destinées à les garder ensemble.

Donnant l'image d'une famille unie, ayant des moyens : assez, en tout cas, pour vivre à l'aise, selon leurs aspirations.

Rien n'est plus fragile, surtout de nos jours, chacun le ressent, qu'un équilibre social et affectif. « Où en serons-nous au printemps ? » se demande Camille en foulant le tapis d'or des feuilles qui se détachent une à une, s'accrochant parfois à leurs cheveux, à leurs vêtements, comme pour leur rappeler combien compte chaque heure qui s'envole.

Il n'y a pas trois semaines, elle avait décidé de quitter Pierre. Puis elle s'est reprise, et Alexandre aussi, elle ne sait trop encore pourquoi, ou plutôt comment se l'expliquer : manque de courage ? ou excès d'amour pour ce qu'ils ont construit : une famille, un foyer ?

Toutefois, l'abandon des siens était programmé, presque consommé, en tout cas dans son esprit à elle. Pourquoi ne serait-ce pas le tour de Pierre ? Il est bien taciturne, ces derniers temps, comme elle l'était elle-même juste avant de partir dans le Midi.

Elle le trouve amaigri, aussi, souvent pâle — et s'il allait tomber malade ? Elle aimerait qu'il consulte, mais l'y pousser ne serait-il pas de mauvais goût ? « Va te faire soigner du mal que je t'ai fait... »

Les enfants, qui ont savouré la réapparition de leur mère comme un retour à la normale, se montrent pour leur compte plus expansifs qu'avant. En démonstrations, en paroles, en exigences de toutes sortes, en tendresse aussi. Comme s'ils avaient à cœur de ne laisser s'installer aucun vide dans le groupe familial — relayés dans cette tâche par le chien —, afin que rien d'étrange ou d'étranger ne puisse venir s'immiscer entre eux tous. Pour contrer l'« ennemi » sans le connaître et quel qu'il soit.

Pierre, de son côté, n'est pas sans réfléchir : il sait qu'il a gagné. Il en souffre presque, car autant le premier acquiescement de Camille, celui de leurs fiançailles, était de l'ordre du merveilleux — elle le préférait donc à tous les hommes de la Terre ! —, autant celui-ci lui paraît restrictif. Humiliant, en somme : sa femme a eu besoin d'aller voir ailleurs si ça n'était pas mieux qu'avec lui !

Ils n'en ont pas vraiment parlé, mais il n'ignore pas que c'est le fond du problème. Même s'il l'a emporté sur la concurrence, cela signifie sans doute possible qu'il ne suffit pas : Camille, auprès de lui, éprouve comme un manque.

Du côté de Montfort-l'Amaury, les feuilles des grands chênes épargnés par la récente tempête déversent sous leurs pas un torrent d'or en fusion, tandis que sur les bas-côtés des chemins, les fougères roussies dissimulent le noir de la terre qui attend patiemment son tour, l'hiver, pour que tout s'ensevelisse. D'ici là, les promeneurs ont le sentiment de déambuler dans un chenal de lumière.

Camille s'extasie la première, prend Pierre par le bras :

— Comme c'est beau !

Mais la réponse est mélancolique :

— On dit que lorsqu'on meurt, on se retrouve dans un couloir semblable : vide et lumineux...

Camille s'arrête de marcher, saisie :

— Comment peux-tu penser à ça ? Nous ne sommes pas morts !

— Cela m'est venu sans raison...

— Nous sommes même on ne peut plus vivants, aujourd'hui, tu n'en es pas heureux ?

— Penser à la mort n'est pas forcément signe de tristesse ; cela signifie seulement qu'on a conscience d'être emporté sans relâche par le fleuve du temps...

Tout, en elle, veut protester, et elle choisit sur l'heure de s'engager avec Pierre dans un nouveau contrat :

— Ce courant ne nous séparera plus jamais. Je te le jure !

Pierre sourit un peu ironiquement.

Alors Camille fait un retour sur elle-même, jusqu'à

ce point difficile où l'esprit maître tente de se séparer du corps esclave :

— Plus jamais ! réaffirme-t-elle avec autant de conviction qu'elle en est capable.

C'est plus qu'un serment, mieux qu'un vœu : une détermination.

D'une seule voix, les enfants poussent un cri de joie et d'étonnement : une harde de chevreuils, menée par un grand mâle, traverse le chemin juste devant eux. Les légers cervidés vont sans se presser, tête tournée vers cette autre « harde », l'humaine, qui, en dépit du chien, ne doit pas leur apparaître comme très dangereuse.

— On se croirait dans une tapisserie ! remarque Pierre, ébloui comme ils le sont tous.

— C'est vrai, acquiesce Camille. Dont chacun de nos jours représente un point d'une couleur différente. D'où la bigarrure. Mais que raconte-t-elle ?

— Notre histoire !

— Alors, elle est belle.

Partis en avant à la vaine poursuite des chevreuils, les enfants reviennent vers eux en courant :

— Tu as vu, dit Gilles, essoufflé par l'émotion, il y en avait un tout petit, tout petit...

— Il restait dans les jambes de sa maman, ajoute Anna. C'est elle qui le protège.

— Et le papa, alors, il sert à quoi ? s'enquiert Gilles.

— C'est lui le chef, répond Camille.

— Alors je dis : « Suivez-moi, je vous emmène... », fait Pierre.

— Où ça, Papa ?

— Mais là où vont les chevreuils !

— Où ça ? Où ça ?

— Au restaurant, tiens ! Il va être midi. Vous n'avez pas faim ?

De bonheur, Camille éclate de rire : quand on plaisante en famille, c'est que les liens solides qui vous relient, au lieu de vous appesantir, sont devenus aussi légers que des fils de la Vierge...

Pourvu qu'en ce moment précis, où qu'il soit,

Alexandre éprouve le même sentiment de délivrance ! Et pense à elle... Car c'est le fait de parvenir à penser à lui dans la paix du cœur qui suffit à la rendre heureuse.

Oui, Alexandre pense à Camille. Mais, pour lui, le retour à la maison n'a pas été aussi simple que pour elle, car Hélène, sa femme, ne lui pardonne pas sa fugue et s'obstine dans sa proposition de divorce.

Est-ce bien ce qu'elle désire ?

Ce qu'elle demande, en tout cas, et qui a abouti à une séparation de corps : après le coucher des enfants, Hélène s'installe une couette et un oreiller sur le divan et s'y blottit pour la nuit.

Au matin, elle remise le tout dans un placard avant de réveiller les petits pour la classe.

Alexandre a protesté :

— Puisque tu tiens à faire lit à part, c'est à moi de coucher au salon !

Elle a refusé. Pour se punir : ce qu'Alexandre ne peut comprendre, puisqu'il n'est pas au courant de sa coucherie avec Etienne Froste.

Autrefois, les femmes coupables d'adultère s'exposaient à être condamnées, malmenées, lapidées, ce dont il doit peu ou prou rester quelque chose dans leur arrière-conscience : au moindre écart, au premier, surtout, elles se considèrent encore comme parjures...

Parjures à l'Eglise et à la Loi, à ces représentations d'autorités supérieures devant lesquelles elles se sont publiquement engagées à la fidélité.

Même si les femmes actuelles considèrent qu'il s'agit là de traditions dépassées, de paroles de pure forme, quelque chose au fond d'elles y demeure soumis.

Hélène doit se forcer, le soir, si elle veut s'endormir, à admettre que cet épisode extraconjugal était sans conséquence. Ordinaire...

Quel homme, quelle femme n'en font pas autant un jour ou l'autre ? Pour oublier l'incident plus ou moins fâcheux aussitôt après.

Mais Hélène, elle, n'y parvient pas.

Elle se revoit faisant déjà sa coquette, ce matin-là, devant la glace, puis au magasin. Continuant ensuite la comédie au McDo en prenant Anna contre elle à plusieurs reprises. Une jeune et jolie mère serrant sa fillette dans ses bras à l'imitation du fameux tableau représentant Mme Vigée-Lebrun et sa jeune enfant : rien de plus chaste en apparence ! En réalité, une image très excitante pour un mâle vieillissant à la recherche de proies fraîches, ce qui est le cas de l'antiquaire.

Lequel a repris sa chasse aux tendrons dès qu'il a eu compris que le charmant épisode avec Hélène resterait sans suite, qu'elle n'était pas d'humeur à s'amuser de nouveau avec lui. N'a-t-elle pas parlé de démissionner ? Il a dû s'employer à la convaincre que, pour lui aussi, l'affaire était classée. Oubliée. Non avenue.

Ce n'est pas pour garder son emploi — elle aurait préféré ne plus jamais revoir Etienne —, mais afin de ne pas alerter Alexandre qu'Hélène est retournée dans la boutique de la rue des Saints-Pères où elle reste le plus souvent seule à attendre la clientèle.

Parmi ces sublimes vieilleries dignes des plus grands musées, œuvres d'artisans non seulement de génie, mais de grand scrupule et d'énorme labeur, Hélène prend soudain conscience, peut-être parce qu'elle est en état d'hypersensibilité, que tout ce qui l'entoure : sièges, tableaux, vases, lustres, paravents, bibelots, etc., est un produit du travail, certes, mais surtout une création de l'amour.

De plusieurs amours : celui de leurs amateurs, qui les ont voulus et payés, et de ceux qui les ont réalisés.

Longtemps caressée de la main ou de l'œil, admirée, chérie, cette « marchandise », comme l'appelle Etienne Froste, dégage pour Hélène une aura apaisante. Que de drames, de naufrages, de désastres ces pauvres et belles choses n'ont-elles pas traversés pour se retrouver intactes ici, autour d'elle, prêtes à repartir pour de nouvelles péripéties, un autre destin...

Assise sur un fauteuil Voltaire tapissé d'un épais velours de soie bleu-gris, près d'une commode XVIIIe aux tiroirs renflés et marquetés, Hélène a le sentiment que le passé lui parle. Et même — est-ce bizarre ! — se moque d'elle :

— Que fais-tu donc de ta vie, petite humaine ? N'es-tu pas en train de la rater par veulerie, soumission aux idées reçues, démission au moindre obstacle ?

— Oui, reprend le grand vase de Sèvres d'un bleu profond, un rien te fêle...

— Un coup d'éventail — commente un Gallé au haut col dans ces tons pastel si rares parmi la production du maître — et tu es prête à tout lâcher !

— Si tu savais ce que j'ai enduré ! reprend une petite chaise Napoléon III, noire et dorée. On m'a réparée je ne sais combien de fois, même si ton patron le nie ! Malgré ça, je vaux une fortune...

— Et toi, la belle, que vaux-tu ? Non seulement tu trompes ton mari, mais tu le laisses en plan, le pauvre homme...

— C'est lui qui devrait t'envoyer balader !

— Te dire d'aller te faire foutre, ouais !

— Putain, passe encore, qui ne l'est ? Mais lâche, pas courageuse... Une traînée, voilà ce que tu es... Et tu oses le prendre de haut avec nous !

Hallucination ! Projection due à la fatigue, à l'insomnie, à la mauvaise conscience ?

Soudain, Hélène n'en peut plus de s'entendre admonester ainsi, elle explose et, d'un revers de main, balaye un petit groupe de porcelaines blanches représentant une bergère, son berger, leurs moutons, que Froste lui a signalé comme étant sans égal : « Là-dessus, ne baissez jamais le prix, c'est un chef-d'œuvre. Je me demande même ce que cela fait chez moi... »

Maintenant la pièce unique est par terre, en miettes, et une consternation palpable s'est abattue sur le magasin.

Une œuvre aussi précieuse, volontairement anéantie — le biscuit ne se répare pas —, quelle misère, pour ne pas dire quel crime ! Si elle appartenait en ce moment à quelqu'un, sa disparition pourrait laisser son propriétaire inconsolable, car on peut en venir à aimer un objet autant qu'un être humain ! Parfois plus, comme ce héros de Villiers de l'Isle-Adam, dans *L'Eve future*, qui adorait la femme robot que lui avait confectionnée Edison au point de se laisser noyer avec elle au cours d'un naufrage...

Ces pensées et ces images confuses se bousculent dans l'esprit d'Hélène qui se met à pleurer, effondrée sur le fauteuil Voltaire à l'assise vaste et secourable. (Il en a tant vu, de ces humaines en pleurs, persuadées d'avoir tout perdu pour cause d'amour !...)

Mais les objets ont une âme, comme on le répète à la suite du poète, et si, dans certains cas, cette âme se manifeste de façon néfaste — quelques-uns portent indéniablement malheur —, d'autres, au contraire, réconfortent ceux qui les approchent.

Tandis qu'Hélène sanglote dans un mouchoir en papier, a lieu dans la boutique de l'antiquaire une sorte de conciliabule dont les conclusions et le verdict finissent par s'imposer à la conscience de la vandale.

Il existe quelque chose de plus durable, de plus consistant que la chair, lui souffle-t-on. Quelque chose dont les œuvres d'art sont la représentation sensible. Ce n'est pas un hasard si les gens d'aujourd'hui, si souvent coupés de leurs racines, de leurs traditions, de leur histoire, se précipitent en groupes serrés vers les lieux autrefois sacrés : la vallée du Nil, les sanctuaires palestiniens, l'île de Pâques, Carnac, les temples d'Angkor... Car, même réduit à des vestiges, quelque chose continue d'attester que ce qui fait l'humanité est intemporel, indestructible : c'est l'amour !

— La grandeur de l'amour humain, chuchotent mélancoliquement objets et meubles, c'est que, contrairement à nous autres, il se répare, se reconstitue, se poursuit. On peut toujours le reprendre, et même l'améliorer...

— Qu'attends-tu pour t'occuper du tien ? Un amour est, autant que nous, une œuvre d'art...

Il est vrai que cette succession d'instants, de minutes, de jours, de nuits, de mois, d'années qu'elle a vécus avec Alexandre, parlant, marchant, mangeant, dormant, s'activant à ses côtés, a fini par tisser entre eux deux quelque chose d'indestructible. En fait, de plus fort qu'eux, qu'elle ne peut balayer de l'avant-bras comme elle a fait du biscuit, tout à l'heure...

Oui, bien sûr, il lui est loisible de s'éloigner, de se séparer physiquement de son mari en couchant au salon, mais cela n'abolit en rien ce qu'ils ont vécu ensemble.

Même le fait qu'ils se soient mutuellement trompés ne peut supprimer le passé.

Reste qu'à l'idée du regard qu'il a dû jeter sur les lèvres, les seins, le corps dénudé d'une autre femme, Hélène est pliée en deux par la souffrance.

Oui, c'est bien cette douleur-là, elle la reconnaît, qui la rend si intransigeante envers Alexandre : la jalousie !

Si elle est sincère, elle se dit qu'elle aurait voulu qu'il n'y ait qu'elle au monde pour cet homme — jusqu'à la fin des temps ! Du leur, en tout cas...

Or, c'est chose impossible.

Est-ce si grave ?

Ce service de fine porcelaine de Limoges, des roses sur fond blanc, est passé de main en main. S'il manque quelques pièces, ce qu'il en subsiste n'en est que plus précieux, plus émouvant.

« Je suis folle, se dit-elle, en s'essuyant les yeux ; la vie n'est pas un magasin d'antiquités ! »

N'empêche que cela y ressemble diablement, chacun baladant tout un grenier d'images, de convictions, de sentiments usés jusqu'à la corde au-dessus de sa tête et sur son dos !

Son portable sonne, elle l'avait à portée de main ; c'est Alexandre.

— Tu ne veux pas que..., commence-t-il d'une voix douce, presque humble, qui fait mal à Hélène.

A tout prendre, Alexandre n'est guère plus coupable qu'elle.

Que s'apprête-t-il à lui demander ?

— Tu ne veux pas qu'on se voie tranquillement, hors de la maison, qu'on se parle... ?

Il la courtise, c'est évident, et Hélène se sent revigorée comme une femelle sous le désir du mâle...

S'il en est ainsi, elle va le laisser lanterner encore un peu. S'inquiéter. Se croire des rivaux. S'encolérer, s'échauffer à la reconquête de sa belle...

Semblable à ce chasseur qu'elle voit au mur, sur une toile de Jouy, à la poursuite d'une biche...

Et puis elle dira *oui* sans toutefois le formuler.

En somme, elle s'apprête secrètement à lui pardonner. D'autant qu'à l'évidence, ce n'est pas elle que quitte Alexandre, pas elle avec qui il vient de rompre ; c'est *l'autre* femme !

Ils n'en ont pas encore parlé, mais elle le sait au tréfonds d'elle-même : elle se sent choisie, préférée, l'élue.

La mieux aimée.

C'est magnifique !

Peut-on se fier au bonheur, le prendre pour guide ? Décider que là où l'on se sent heureux, on est dans le vrai ? Et se donner pour tâche d'y demeurer ?

J'ai été heureux avec Camille, autrefois, jusqu'à la béatitude. A la limite de l'imbécillité : chaque journée répétant la précédente comme s'il n'en existait qu'une...

Subitement, j'ai changé sans l'avoir désiré, elle aussi et nous avons été contraints de naître à autre chose. Il y avait comme un appel : celui de la procréation, l'instinct de reproduction ? le pressentiment qu'on est mortel, qu'on ne saurait être immuable ?

De plus en plus, j'ai le sentiment d'être poussé, projeté malgré moi dans une situation ou une autre, et il ne me reste plus qu'à y faire, m'y adapter, et même — vieil orgueil humain ! — le revendiquer...

Puisque cela m'arrive, c'est bien la preuve que je l'ai voulu !

En réalité, plus cela va, moins j'ai le sentiment d'être maître de mes choix. Ainsi je ne souhaitais pas me séparer de Camille. Ai-je réellement voulu m'atteler au même joug qu'Hélène ? Et les enfants ? Les aimer ne signifie pas que je les ai voulus tels qu'ils m'ont été attribués par les facéties de la génétique... Si nous avions fait l'amour un autre jour, si j'avais engrossé une

219

autre femme, ils auraient été totalement diffé-
rents...

Du coup, ils ne sont pas « à moi », ils sont
seulement sous ma garde. Plus le temps passe,
plus j'ai d'ailleurs le sentiment de n'être que le
gardien, à la fois protecteur et protégé, de tout ce
qui m'entoure, y compris de tous mes proches.

Et de moi-même.

Puis-je prétendre que je suis « à moi » ? Cet
être changeant, surprenant, qui sans cesse se
modifie physiquement, moralement, il y a des
moments où je me trouve bien bon de continuer
à le chérir, à m'en occuper, à le revendiquer, à lui
prêter mon nom... Ce tas de chair et d'os qui se
révèle être de plus en plus ingrat à mon égard,
pèse de plus en plus lourd, se manifeste méchamment par des douleurs, des embêtements, un tas
d'anicroches que je suis censé réparer, assumer...

« Moi » m'ennuie le plus souvent : une croissante montagne de soucis que je dois traîner
alors que j'aimerais être léger comme une plume
et penser à autre chose !

De ce fait, le bonheur, c'est quoi ?

Le fugitif passage d'une aile bleue dans le soir,
comme une caresse venue d'ailleurs, celle d'un
ange... ? Un silencieux avertissement que tout
n'est pas joué ici-bas, ne se termine pas inexorablement par la chute et la déchéance... ?

Est-ce qu'Hélène ressent la même chose que
moi ? Et Camille ?

Orgueil, là encore, de m'imaginer que je suis
seul à vieillir, à m'en apercevoir, à en avoir assez
de ma vie courante. A m'y sentir étranger à moi-
même, étranger chez moi en moi, parmi les
miens, étrangers, eux aussi sur cette fragile planète égarée dans le cosmos...

Et de penser à cette autre étrangère à elle-
même qui se dit ma femme, me donne envie, ce
soir, de la prendre dans mes bras pour la consoler, la réconforter d'avoir un tel étranger pour
mari. Un être aussi changeant, constamment

infidèle à ce qu'il dit, paraît, fait, entreprend, pro-
met, jure...

L'admettre nous permettra peut-être d'être
heureux quelques instants, juste de quoi justifier
le voyage...

Alexandre pose son stylo, se relit. N'y comprend
rien.

Il en va souvent ainsi lorsque nous nous laissons
aller à coucher sur le papier ce qui nous traverse le
corps et l'esprit, comme si le fil de l'écrit nous reliait
à un autre monde, l'invisible, qui en profiterait pour
exprimer ce que nous ne pensons pas, ne sommes
pas...

Un discours qui parfois fait peur.

Non, Alexandre ne se reconnaît pas dans ce qu'il
vient d'écrire. Si quelqu'un, sa femme, ses enfants ou
la petite Carole vient à tomber sur ces feuillets ! On
le croirait fou, on ne lui ferait plus du tout confiance,
on ne voudrait plus de lui... Il va les déchirer !

Pour sa sécurité, il faut qu'il continue à paraître
jusqu'au bout celui auquel on s'attend. Qui ressemble à l'image qu'on se fait de lui.

A faire son cinéma. Quand c'est le personnage de
la fiction qui est vrai — et l'imposteur l'homme qui
la joue.

Hélène vient d'entrer dans le bureau :

— Qu'est-ce que tu fais ? Tu es bien silencieux.

— Je prends des notes.

— C'est rare de te voir travailler à la maison...

— J'avais une pile de dossiers en retard.

— Comme tu es courageux !

— Pas seulement.

— Ah bon ? Qu'es-tu d'autre ?

— Heureux. Avec toi. Et toi ?

Du même auteur :

Un été sans histoire, roman, Mercure de France, 1973 ; Folio, 958.

Je m'amuse et je t'aime, roman, Gallimard, 1976.

Grands Cris dans la nuit du couple, roman, Gallimard, 1976 ; Folio, 1359.

La Jalousie, essai, Fayard, 1977 ; rééd., 1994.

Une femme en exil, récit, Grasset, 1979.

Un homme infidèle, roman, Grasset, 1980 ; Le Livre de Poche, 5773.

Divine Passion, poésie, Grasset, 1981.

Envoyez la petite musique..., essai, Grasset, 1984 ; Le Livre de Poche, Biblio/essais, 4079.

Un flingue sous les roses, théâtre, Gallimard, 1985.

La Maison de jade, roman, Grasset, 1986 ; Le Livre de Poche, 6441.

Adieu l'amour, roman, Fayard, 1987 ; Le Livre de Poche, 6523.

Une saison de feuilles, roman, Fayard, 1988 ; Le Livre de Poche, 6792.

Quelques pas sur la terre, théâtre, Gallimard, 1989.

La Chair de la robe, essai, Fayard, 1989 ; Le Livre de Poche, 6901.

Si aimée, si seule, roman, Fayard, 1990 ; Le Livre de Poche, 6999.

Le Retour du bonheur, essai, Fayard, 1990 ; Le Livre de Poche, 4353.

L'Ami chien, récit, Acropole, 1990 ; Le Livre de Poche, 14913.

On attend les enfants, roman, Fayard, 1991 ; Le Livre de Poche, 9746.

Mère et filles, roman, Fayard, 1992 ; Le Livre de Poche, 9760.

La Femme abandonnée, roman, Fayard, 1992 ; Le Livre de Poche, 3767.

Suzanne et la province, roman, Fayard, 1993 ; Le Livre de Poche, 13624.

Oser écrire, essai, Fayard, 1993.

L'Inondation, récit, Fixot, 1994 ; Le Livre de Poche, 14061.

Ce que m'a appris Françoise Dolto, Fayard, 1994 ; Le Livre de Poche, 14381.

L'Inventaire, roman, Fayard, 1994 ; Le Livre de Poche, 4008.

Une femme heureuse, roman, Fayard, 1995 ; Le Livre de Poche, 4021.

Une soudaine solitude, essai, Fayard, 1995 ; Le Livre de Poche, 14151.

Le Foulard bleu, roman, Fayard, 1996 ; Le Livre de Poche, 14260.

Paroles d'amoureuse, poésie, Fayard, 1996.

Reviens, Simone, suspense, Stock, 1996 ; Le Livre de Poche, 14464.

La Femme en moi, essai, Fayard, 1996 ; Le Livre de Poche, 14507.

Les Amoureux, roman, Fayard, 1997.

Les amis sont de passage, essai, Fayard, 1997 ; Le Livre de Poche, 14751.

Un bouquet de violettes, suspense, Stock, 1997 ; Le Livre de Poche, 14563.

La Maîtresse de mon mari, roman, Fayard, 1997 ; Le Livre de Poche, 14733.

Un été sans toi, récit, Fayard, 1997 ; Le Livre de Poche, 14670.

Ils l'ont tuée, récit, Stock, 1997 ; Le Livre de Poche, 14488.

Meurtre en thalasso, suspense, Stock, 1998 ; Le Livre de Poche, 14966.

Théâtre I, En scène pour l'entracte, Fayard, 1998.

Théâtre II, Combien de femmes pour faire un homme ?, Fayard, 1998.

La Mieux aimée, roman, Fayard, 1998 ; Le Livre de Poche, 14961.

Cet homme est marié, roman, Fayard, 1998 ; Le Livre de Poche, 14870.

Si je vous dis le mot passion..., entretiens, Fayard, 1999.

Trous de mémoire, essai, Fayard, 1999 ; Le Livre de Poche, 15176.

L'Indivision, roman, Fayard, 1999 ; Le Livre de Poche, 14061.

L'Embellisseur, roman, Fayard, 1999 ; Le Livre de Poche, 14984.

Jeu de femme, roman, Fayard, 2000 ; Le Livre de Poche, 15331.

Divine passion, poésie, Fayard, 2000.

Dans la tempête, roman, Fayard, 2000 ; Le Livre de Poche, 15231.

J'ai toujours raison !, Fayard, 2000 ; Le Livre de Poche, 15306.

Composition réalisée par JOUVE

Composition réalisée par JOUVE

IMPRIMÉ EN ALLEMAGNE PAR ELSNERDRUCK
Dépôt légal Editeur : 27093-11/2002
LIBRAIRIE GÉNÉRALE FRANÇAISE - 43, quai de Grenelle - 75015 Paris.

ISBN : 2 - 253 - 15368 - 0 ◈ 31/5368/1